오늘 딱 하루만 잘 살아 볼까?

오늘 딱 하루만 잘 살아 볼까?

김중혁 에세이

하루하루를 신나고 즐겁게 살아갈 수 있는 방법 100가지

자이언트북스

1

동네 책방이나 인터넷 서점에서 책을 구입한다.

(도서관에서 빌리거나 서점에서 서서 볼 경우 하루를 잘 살 수 있게
만들어 줄 창의력이 잠깐 왔다가 사라질 가능성이 높다.)

2

'이 책을 사용하는 방법'을 읽는다.

(그렇다. 바로 지금 이 글이다.)

3

창의력을 키우기 위한 100개의 제안 차례를 꼼꼼하게 읽지 않는
다. 예습을 철저히 하면 의도치 않게 발생하는 '우연의 창의력'을 알
아차리지 못할 수도 있다. 줄여 말하면, '선행 학습 금지!'

4

하루에 하나씩 제시된 방법을 읽는다. 어떤 글은 재미있고, 어떤 글은 덜 재미있을 것이다. 어떤 글은 길고, 어떤 글은 짧을 것이다. 그렇지만 모두 다 술술 잘 읽힐 것이다.

5

제시된 방법을 하루 동안 따라 해 본다. 그 방법이 어떤 날은 재미있을 것이고, 어떤 날은 지루할 것이고, 어떤 날은 바쁘게 지내다 아예 잊어버리기도 할 것이다. 어떤 날은 너무 재미있어서 같은 방법을 하루만 더 해 보고 싶을 때도 있을 것이다. 자신에게 잘 맞는 방법이라 생각되는 게 있어도 다음 차례로 넘어가는 게 좋다. 책에 있는 방법을 한 번씩 다 해 본 다음 좋아하는 방법을 골라 다시 해 보는 것이 좋다.

15일에서 20일 정도가 지나면 '바빠 죽겠는데, 내가 뭘 하고 있는지 모르겠네. 창의력 따위 내다 버려, 이따위 바보 같은 책!' 하며 책을 집어던지고 싶을 수도 있을 것이다.

인간에게 창의력은 삶을 살아가는 데 반드시 필요한 에너지 같은 것이다. 거창한 발명품을 만들 때만 창의력이 필요한 게 아니다. 옆에 있는 사람과 더 재미있게 말하기 위해서, 하고 있는 일을 더욱 신나게 하기 위해서, 내 삶을 더 풍요롭게 만들기 위해 창의력은 필요하다. 그러니 집어던지지 말고 조금만 더 참아 보자.

50일 정도가 지나면 이 책이 필요 없어질 수도 있다. 당신의 삶에 이미 창의력이 가득 들어차 버렸기 때문이다. 이 책에서 제안하는 방법말고도 더 좋은 생각들이 머릿속에 가득할 수도 있다. 그렇다면 이 책을 버려도 좋다. 다른 사람에게 주는 건 안 된다. 그 사람에게서 이 책을 살 수 있는 가능성을 빼앗는 게 되기 때문이다. 그 이유는……, 1번으로 되돌아가서 확인해 보자.

책에는 여백이 많다. 책을 읽다 생각난 것을 마음껏 적어 보라는 의미에서 비워 둔 것이다. 아이디어나 낙서를 가득 채워 자신만의 책으로 만들어 보자.

만약 이 책을 다 읽었다면, 곰곰이 생각해 보자. 지난 100일 동안, 혹은 100일이 넘는 시간 동안의 삶을 되돌아보자. 하루하루가 새롭지 않나? 잘 알지도 못하는 사람이 이러쿵저러쿵 하는 이야기를 읽으면서 나도 모르게 그 방법을 따라 해 보는 시간이 조금 낯설지 않았나? 창의력은 자신의 삶을 낯설게 바라보면서 시작된다. 이 책을 다 읽었다면 처음부터 다시 읽어 보자. 다시 새로워지자.

책을 다 읽고 나서는, 이 책이 우스워지길 바란다. 이 책이 목표가 아니라 과정이길 바란다. 결과물이 아니라 도구가 되길 바란다. 계단이 되길 바란다. 아는 게 많아져서 뿌듯해 하기보다 세상에는 내가 모르는 게 참 많다는 사실에 재미있어하길 바란다. 이야기를 시작하기보다 듣기를 시작하길 바란다. 내 것을 세상에 보여 주기보다 세상의 미세한 틈을 관찰하는 사람이 되길 바란다. 그리고 그 무엇보다 새로워지길 바란다.

오늘의 나는 어제의 나와 다른 사람임을, 그래서 삶이 얼마나 놀라운 것인지를 매일매일 이해하길, 진심으로 바란다. 나 역시 날마다 그런 사람이고 싶어 이 책을 썼다.

— · 이 책을 사용하는 방법

처음 타 본 버스의 종점까지 가 보자 / 하루 종일 반대로만 행동해 보자 / 음악을 들으며 리드미컬하게 걸어 다녀 보자 / 깜깜한 밤에 밖으로 나가 별 사진을 찍어 보거나 잠이 오지 않는 날이면 밤을 새서 일출 사진을 찍어 보자 / 음식을 먹고 난 다음, 도형과 색으로 맛을 표현해 보자 / 성대모사를 해 보자. 좋아하는 배우의 말투를 분석하고 따라 해 보자 / 노래 열 곡 이상이 들어가 있는 뮤지션의 정규 앨범을 스킵하거나 중단하지 말고 끝까지 들어 보자 / 내가 해 보고 싶은 직업을 적어 보고, 내가 절대 할 수 없을 것 같은 직업을 적어 보자 / 편지를 써 보자 / 내 몸의 감각 기관 중에서 가장 예민한 부분을 찾아내고, 하루 종일 그 기관에 집중해 보자 / 하루 종일 내가 들었던 음악의 리스트를 만들어서 저장해 보자 / 무생물에게 이름을 지어 주자 / 무인도에 가져갈 책 한 권을 골라 보자 / 지하철을 타고 맞은편에 앉은 사람의 신발을 관찰하자 / 잠들기 전에 하나의 순간을 떠올린 다음 그 뒷이야기를 해피엔딩으로 만들어 보자 / 오늘 처음으로 만난 사물이나 생물이나 사람에 대해 적어 보자 / 핸드폰에서 애플리케이션 하나를 다운로드 받아서 그 안에 담긴 내용들을 샅샅이 훑어보자 / 누군가의 것을 따라서 흉내 내 보자 / 집 안에 핸드폰 금지 구역을 만들어 보자 / 크기를 다르게 상상해 보자 / 만화를 보면서 다음 페이지에 있는 내용을 미리 상상해 보자 / 바보 멍청이가 되어 보자 / 과격한 문장을 하나 쓰고, 그 문장을 수습해 보자 / 잘 알고 있는 속담을 비틀어 보자 / 집 안에 나만의 비밀 공간을 만들어 보자 / 날마다 하늘 사진을 찍어 보자 / 오늘 내가 한 실수를 적어 보자 / '하기 싫지만 억지로 하고 있는 일의 리스트'를 만들어 보자 / 라디오를 들어 보자 / 내가 좋아하는 상품의 광고 문구를 작성해 보자 / 연을 날려 보자 / 세상에 전혀 쓸모없어 보이는 발명품을 만들어 보자 / 마음에 드는 단어 하나를 선택하고, 그 단어가 들어가는 문장을 하루 종일 생각해 보자 / 텔레비전에다 자연의 모습을 담은 영상을 하루 종일 틀어 두자 / 질문하는 연습을 해 보자 / 노래 한 곡의 여러 가지 다른 버전을 들어 보자 / 상품을 만들어서 선물해 보자 / 하루 종일 굶어 보고 내가 느끼는 허기의 정도를 종이에 적어 보자 / 내 감정을 건물에 비유해 보자. 지하에는 어떤 감정들이 살고 있는지 확인하러 가 보자 / 자신의 루틴을 무시하고 깨 보자 / 집에 있는 가구의 위치를 바꾸어 보자 / 무엇이든 외워 보자 / 세 개의 단어를 임의로 선택하여 새로운 아이디어가 들어간 상품을 만들어 보자 / 나만의 리스트를 만들자 / 미술 작품 감상처럼 음식에 대한 감상도 기록으로 남겨 보자 / 인간의 언어가 아닌 무생물의 언어로 말해 보자 / 좋아하는 분야의 잡지를 처음부터 끝까지 찬찬히 읽어 보자 / 전시회장에 가서 마음에 드는 그림 하나를 30분 이상 들여다 보자 / 실험적인 음악을 들으며 소리에 집중해 보자 / 한국의 기차역 지도를 펼쳐 놓은 다음 한 번도 들어 보지 못했던 도시에 가서 하루를 지내 보자 / 내가 찍은 사진 중 마음에 드는 것을 하나 고른 다음 크게 인쇄하여 벽에 붙여 보자 / 레시피를 보면서 요리를 해 보자 / 색의 이름을 알아보고, 오늘의 색을 정한 다음 그 색으로 하루를 살아 보자 / 하루 종일 반대쪽 손으로 살아 보자 / 중고 물품을 구입해서 써 보고, 그 물건의 예전 스토리를 상상해 보자 / 내가 차릴 식당을 정한 다음 식당 이름과 간판 디자인을 해 보자 / 10년 전, 20년 전, 30년 전에 어떤 일이 있었는지 알아보자 / 거리를 돌아다니면서 집집마다 창문이 얼마나 다른지 살펴보자 / 잘 알고 있는 곳을 여행자처럼 걸어 보자 / 단어들을 수집해 보자 / 하루 종일 바흐의 음악만 들어 보자 / 내가 쓰고 있는 글꼴을 확인하고, 좋아하는 글꼴을 목록에서 골라 보자 / 셰익스피어의 희곡집 하나를 고른 다음 소리 내어 읽어 보자 / 일주일 동안 채식을 해 보자 / 하루에 쓸 용돈을 정한 다음 가계부를 쓰며 한 달을 살아 보자 / 읽고 싶었지만 엄두가 나지 않던 책을 노트에 정리해 가며 읽어 보자 / 집 안의 모든 거울과 시계를 치워 보자 / 종이접기를 해 보자 / 논쟁에 뛰어들어 내가 소중하게 생각하는 것들을 변호해 보자 / 근처에 있는 아무 박물관에나 들어가 보자 / 도로가 잘 보이는 카페에 앉아서 지나가는 자동차를 관찰하자 / 친한 친구에게서 부러운 점 세 가지를 적고, 그 이유를 생각해 보자 / 내가 입고 싶은 옷이나 메고 싶은 가방을 디자인해 보자 / 신나는 디스코 음악을 들으면서 몸을 흔들어 보자 / 모빌을 만들어서 내 방에 걸어 보자 / 반전이 기가 막힌 영화를 본 다음, 처음으로 돌아가 반전을 다시 보자 / 바닥에 떨어진 쓰레기의 종류를 살펴보자 / 내 자서전의 첫 문장을 써 보자. 자서전을 10부로 구성하고, 자신의 삶을 10부에 맞게 정리해 보자

— · 이 책을 활용하는 방법

내가 잃어버린 물건들이 살고 있는
세상을 만들어 보자

물건들은 왜 자꾸 사라지는지 모르겠다. 사람들마다 사라지는 물건들의 종류가 다른데, 내 경우에는 샤프펜슬과 연필과 포스트잇이 자꾸 사라진다.

합리적인 추론을 해 보자면 내가 가장 자주 사고, 많이 사는 물건들이기 때문에 보관에 소홀했던 게 아닌가 싶다. 비합리적인 추측을 해 보자면, 우리 집에 흑연을 좋아하는 괴물이 살고 있을지도 모른다. 그 괴물은 온몸에 색색의 포스트잇을 붙이고 있을 것이다.

애플의 '에어태그'라는 제품을 자주 잃어버리는 물건에다 부착하면 그 위치를 탐색할 수 있다. 지갑을 자주 분실한다든가 가방을 아무 데나 휙휙 던져 놓는 사람에게 유용할 것 같다. 샤프펜슬과 연필 같은 작은 물건을 자주 잃어버리는 사람에겐 별 소용이 없다. 모든 샤프펜슬과 연필에다 에어태그를 달아 두기는 힘드니까.

에어태그 광고도 재미있다. 한 남자가 외출 전에 열쇠를 찾고 있다. 어디에도 없다. 다행히 에어태그를 부착해 두었다. 에어태그에서 나는 소리를 따라 소파 사이로 들어간 남자는 '분실물들이 모여 사는 세계'를 만나게 된다. 거기에는 고양이, 수많은 동전, 땅콩 껍질, 아이팟, 리모컨 등이 모여 살고 있다. 아마 그곳에 색색의 포스트잇을 붙인, 흑연을 좋아하는 괴물도 살고 있을 것이다.

기억 속에는 살고 있는데, 지금 내 손에는 없는 물건들이 있다. 어렸을 적에 모아 두었던 구슬은 다 어디로 갔지? 카세트테이프를 모아 두었던 박스가 있었는데 그건 또 어디로 갔지? 일기장은? 백과사전이 있었던 것 같은데? 예전에 선물 받았던 만년필은 어디로 갔지?

이렇게 잃어버린 물건들을 하나씩 떠올린 다음 리스트를 만들어 보자.

작가 메리 노튼은 《마루 밑 바로우어즈》(시공주니어 2019)라는 작품에서 인간과 똑같은 생김새로 똑같은 생활을 하고, 인간의 물건을 빌려 쓰는 작은 사람 바로우어즈를 상상했다. 세상에는 우리가 상상할 수 있는 세계가 무궁무진하다. 잘 살펴보면 누구나 하나쯤 발견할 수 있을 것이다.

오늘 하루의 기분 그래프를 그려 보자

2021 도쿄 올림픽 중계를 보면서 가장 재미있었던 시스템은 양궁 중계를 하면서 선수들의 심박수를 체크해 보여 주는 것이었다. 심박수와 경기 성적 간의 상호 관계성을 밝혀내겠다는 마음이었겠지만 어떤 선수는 심박이 요동치면서도 10점을 쏘고, 어떤 선수는 평상심을 유지하며 10점을 쏘았다. 나중에는 심박수 아래쪽에다 혈액형이나 MBTI, 아침에 먹은 식사 메뉴 같은 것을 적어 둘지도 모르겠다. 선수들의 상태를 아는 데 실제로 도움이 될지는 알 수 없지만 재미는 있을 것이다.

선수들처럼 우리 마음도 매 순간 요동친다. 흥분했다 차분해졌다 호흡이 가빠졌다 다시 우울해진다. 만약 우리들 마음의 순간들을 매번 기록할 수 있다면 얼마나 좋을까. 우리가 직접 해 볼 수도 있다. 1시간마다 알람을 울리게 해 두고 그 순간의 기분이나 마음을 적어 보자. 별점으로 매겨도 좋고, 10점 만점을 기준으로 기록해도 좋고, 한 줄의 글로 표현해도 좋고, 그냥 이모티콘으로 표현해도 좋다. 그래프가 되려면 이모티콘보다는 아무래도 숫자가 좋긴 하다.

올라갔다 아래로 뚝 떨어지는 내 마음의 그래프가 보일 것이다. 아무리 좋은 날이더라도 늘 10점일 수는 없다. 변화무쌍한 마음의 그래프를 만들어 보고, 그 곡선을 이해해 보자.

쓰지 않으려고 노력하는 말을 떠올린 다음,
하루 종일 사용하지 말아 보자

싫어하는 말인데도 자꾸 쓰게 되는 경우가 있다. 나도 모르게 툭툭 튀어나오는 말들. 나는 메모장에 '쓰지 않으려고 노력하는 말들'이라는 페이지를 만들었다. 그 속에는 이런 말들이 있다. "다 그렇지, 뭐." "원래 그래." '음원 깡패' '얼굴 천재' '착한 가격' '진검 승부' "잘 모르시겠지만……."

'음원 깡패'라고 하면 음원 순위를 조작하기 위해 동원된 조직폭력배가 떠오르고, '착한 가격'이라고 하면 지나가는 손님들에게 인사를 하는 숫자들이 떠오른다. 정확하지 않은 은유는 잘못된 상상을 불러일으킨다.

생각을 표현하기 위해 말을 하는데, 때로는 말 자체가 내 생각을 대변하는 것 같을 때가 있다. 모든 말을 내 맘에 들게 할

수는 없지만, 내가 입 밖으로 꺼내는 단어들의 의미를 한 번

씩 되짚어 보는 것만으로도 말하기에 도움이 된다.

두 사람의 대화를 상상해서 적어 보자

소설을 쓰면서 가장 재미있는 순간은 대화를 쓸 때다. 내가 상상으로 떠올린 두 명에게 대화를 시작하게 하면, 어느 순간 작가를 빼놓고 둘이서 이야기를 나누고 있다. 내가 써 주지 않아도 알아서 자기네들끼리 대화를 나눈다. 신기한 체험이다. 내가 부여한 두 사람의 성격이 명확하면 명확할수록 이야기는 깊어지고 길어진다.

소설가가 아니어도 해 볼 수 있다. 머릿속으로 두 명을 떠올린다. 완전한 허구의 인물을 떠올리기 힘들면 아는 사람을 떠올려도 좋다. 그게 아니라면 '두 명의 나'를 떠올려도 좋다. 긍정적인 나와 부정적인 나, 움직이길 좋아하는 나와 사색하기 좋아하는 나, 엄마를 좋아하는 나와 싫어하는 나 등 다양한 나를 대치시키면 된다.

무엇보다 종이에 대화를 적는 게 중요하다. 아무 얘기로나 시작해 보자. 움직이길 좋아하는 '나'가 이렇게 이야기한다. "우리 등산 갈까?" 사색하기 좋아하는 '나'가 대답한다. "등산? 대체 왜 산에 가는 거야? 바라보는 게 훨씬 좋지 않아?" 본격적으로 이야기가 시작된다.

"산에 가면 자연을 느낄 수 있잖아. 그리고 계절을 체험할 수 있어."

"계절은 여기에서도 느껴져. 완전 푹푹 찌는 여름이잖아."

"산에 들어가면 계절의 눈으로 들어가는 거야. 태풍의 눈이라고 들어 봤지? 계절에도 계절의 눈이란 게 있는 거야."

"나는 계절의 귀를 통해 이야기를 듣는 게 좋아."

흥미진진해지지만, 일단 이야기는 여기까지. 직접 쓰고 읽어 보면 생생함이 온몸으로 느껴질 것이다.

'예스 데이'와 '노 데이'를 만들어 보자

예전에는 거절을 잘하지 못했다. 누군가 부탁을 해 오면 '에휴, 나한테 이런 부탁을 할 정도면······'이라는 생각을 제일 먼저 했다. 원고 청탁 거절도 잘하지 못했다. '여러 사람 중에서 나를 떠올려 줬는데 아무리 바빠도 써야 하지 않을까?'라는 생각이 제일 먼저 떠올랐다.

요즘은 거절을 잘한다. 돈이나 관계나 또 다른 어떤 이유 때문에 억지로 시작한 일들은 대부분 도중에 후회하게 되었다. 그런 후회가 쌓이다 보니 '아, 이런 일은 처음부터 거절했어야 했어'라는 정보가 축적되었다. 잘할 수 있는 일은 더 잘할 수 있게, 잘할 수 없는 일은 아예 시작이 되지 않게 하는 요령을 조금은 터득하게 됐다.

거절을 잘하지 못하는 사람이라면 'No Day'를 권한다. 간단하다. 아침에 일어나서 "오늘은 No Day!"라는 자기 선언을 한 다음에 그날 모든 제안에 '노'라고 대답하는 것이다. 아침을 먹겠냐고 부모님이나 남편이나 아내나 친구가 물어보면 "NO!" 닫히려는 엘리베이터를 보고 뛰어갔을 때 "올라가는데 타실 거예요?"라고 누군가 물어보면 "NO!" 계단으로 올라가자. 고민할 필요가 없다. '예스'라고 말하는 순간 룰을 어기는 거다. 엄청난 벌이 기다리고 있다. 정말 혹하는 제안이 왔는데 어떻게 하냐고? 무조건 NO! 하루가 지났는데도 정말 좋은 제안이라는 생각이 들면 그때 연락을 다시 하자. 자매품으로는 'Yes Day'도 있다. 모든 제안에 다 "예스!"라고 대답하는 것이다. 다만 돈을 빌려 달라는 제안은 빼고.

인생에서 정말 중요한 결정이었다고 생각하는 순간들이 있겠지만, 정말 그 결정 때문에 내 인생이 바뀌었을까? 나는 그렇다고 생각하지 않는다. 그 결정은 빙산의 일각일 뿐이다. 하루쯤 모든 걸 예스나 노로 정한다고 해서 큰일이 생기지는 않는다.

만약 김중혁 작가의 충고를 듣고 'No Day'를 만들었다가 굶

직한 사업 아이템을 놓치거나 인생 최고의 제안을 거절하게

되면 책임질 거냐고?

NO!

내 마음 속의 괴물을 그려 보자

누구나 마음 속에 괴물이 있다. 평생 괴물을 깨어나지 못하게 하는 게 가장 좋겠지만, 그전에 괴물의 정체를 파악해 보는 게 중요하다. 어떻게 생긴 괴물인지, 어떤 먹이를 필요로 하는지, 괴물이 탄생한 계기는 무엇인지, 어떻게 하면 잠재울 수 있는지 연구할 필요가 있다. 괴물은 언제 깨어날지 알 수 없다. 처음 맞닥뜨리면 당황할 수밖에 없으니 미리미리 그 모습을 살펴보자.

일단 저질러 보자

내 소설이 완벽해지는 순간이 있을까? '내가 썼지만 내가 봐도 완벽한 소설이구나' 싶은 작품을 남길 수 있을까? 완벽한 순간을 만나, 더는 바랄 게 없는 날이 있을까? 모든 욕망이 사라지고 '다 이루었구나' 그런 말을 할 날이 있을까?

작품에 대해서는 용기가 있는 편이었다. 내가 보기엔 아직 멀었지만, 지금의 부족한 나를 보여 주는 것도 의미가 있을 것이란 생각에 거리낌 없이 책을 출간했다. 책을 내고 나서도 계속 수정을 하는 작가가 있지만, 나는 그러고 싶지 않았다. 부족했던 부분은 그대로 남겨 두는 게 마음이 편했다.

완벽에 대한 이야기를 생각할 때마다 베르타 벤츠의 일화가 떠오른다. 세계 최초의 가솔린 자동차를 개발한 사람은 카를 벤츠였다. 완벽주의자 카를 벤츠는 자신의 발명품을 세상에 공개하길 꺼렸다. 아직 부족하다고, 좀 더 보완해야 한다고 생각했다. 아내 베르타 벤츠의 생각은 달랐다. 베르타 벤츠는 남편이 개발한 자동차를 끌고 만하임에서 포르츠하임까지 104킬로미터를 달리는 데 성공했다. 남편에게는 도착한 후에야 전보를 보냈다. 무모했다고 생각할 수도 있지만 베르타 벤츠는 남편에 대한 믿음이 있었고, 위기 상황에 대처할 자신감도 있었다. 기화기의 노즐이 막히면 머리핀으로 구멍을 뚫었고 브레이크가 닳았을 때는 구두 수선공을 찾아가 가죽끈 설치를 요청했다. 베르타 벤츠가 없었다면 카를 벤츠의 발명품은 빛을 보지 못했을 수도 있다.

여행을 삶에 비유해 보자. 여행지에서는 완벽한 준비보다 위기에 대처할 융통성이 훨씬 중요한 경우가 더 많다. 인간의 머리로 생각할 수 있는 경우의 수보다 현실은 훨씬 더 복잡하다.

여행지로 떠나기 위해서 자동차를 운전해 본 사람은 알 것이다. 가만히 서 있을 때 내비게이션은 방향을 알려 주지 못한다. 내가 출발해야만 GPS가 내 위치를 정확히 인식하게 되고, 그제야 어디로 갈지 알려 준다. 삶도 비슷한 것 같다. 어떤 일은 일단 저지르고 나면 수습할 기회가 생기고 더 나은 방향으로 갈 수 있지만, 아무것도 하지 않으면 아무런 방향도 생기지 않는다.

ㄱ, ㄴ, ㄷ, ㄹ을 이용해서 그림을 그려 보자

상형 문자가 아니더라도 모든 형태의 문자는 사물을 닮게 마련이다. 'ㅅ'을 볼 때마다 누군가 달려가는 모습을 상상한다. 'ㅅ'은 바쁘고 역동적이다. 'ㅇㅇ'이라는 긍정은 누가 제일 먼저 생각했을까? 아마 급하게 타이핑하느라 'ㅡ'를 빼먹었겠지. 초성만으로 자신의 뜻을 전하는 방식은 시간을 절약하느라 생긴 것일 수도 있지만, 퀴즈 내기를 좋아하는 사람들이

만들어 낸 것일 수도 있다. 'ㅋㅋㅋㅋ'는 정말 웃음소리가 들리는 것 같고, 'ㅂ'은 뒤집어 놓은 의자 같다. 한글은 정말 재미있다.

진짜 웃기는 영화를 보면서 마음껏 웃어 보자

가끔은 정말 웃기는 코미디 영화를 보고 싶다. 복잡한 생각은 다 서랍에 넣어 둔 채 아무 생각 없이 방바닥을 데구루루 구르면서 웃다가, 잃어버린 배꼽을 찾아 헤매다가 다시 웃다가, 영화를 다 보고 난 다음에도 어떤 장면이 떠올라 배시시 웃게 되는 영화를 보고 싶다. 리모컨을 들고 이리저리 헤매보지만 마땅한 영화가 없다. 나 같은 사람이 또 있을지 몰라서 지금까지 내가 본 코미디 영화를 정리해 봤다.

웃음에는 취향이 큰 몫을 차지한다. 추천이 쉽지 않다. 내 취향에 가장 잘 맞는 코미디 감독은 에드가 라이트다. 〈새벽의 황당한 저주〉를 보고 완전히 반해 버렸다. 좀비가 등장하지만 하나도 무섭지 않은 코미디 영화고, 영국식의 뚱한 유머를 좋아하는 사람이라면 매료될 것이다. 〈뜨거운 녀석들〉과 〈스콧 필그림〉도 재미있다.

수다와 대화로 가장 잘 웃기는 감독은 제이슨 라이트맨이다. 하드록을 좋아하는 소녀 '주노'가 뜻밖의 임신을 하게 된 후의 소동극을 담은 〈주노〉를 보고 마음에 들었다면 〈툴리〉와 〈인 디 에어〉도 꼭 보길 바란다. 대부분의 작품들은 시나리오 작가 디아블로 코디와의 협업으로 만들어졌다.

혹시 찰리 채플린의 작품을 안 본 사람은 없겠지? 언제 봐도 모든 작품이 재미있다. 찰리 채플린을 좋아한다면 버스터 키튼도 좋아할 것이다. 찰리 채플린보다 좀 더 액션이 많고, 슬랩스틱 코미디의 극한에 도전한 감독이다.

버스터 키튼의 영향을 받은 성룡의 〈프로젝트 A〉는 액션 코미디의 또 다른 절정이었다. 웃음에 집중하자면 성룡보다는 주성치가 한 수 위였다. 주성치는, 음…… 취향에 따라 좋고 싫음이 나뉘는 장르이긴 한데, 그래도 한번 빠져들면 헤어나올 수 없을 정도로 매력적이다. 아직 주성치가 등장하는 영화를 한 편도 보지 않은 사람이 부럽다. 대표작을 무엇으로 생각하는지는 사람마다 다르다. 대중적인 완성도를 감안

한다면 〈소림축구〉와 〈쿵푸 허슬〉을 꼽아야겠지만 〈서유기〉 시리즈의 기괴한 상상력을 좋아하는 사람도 무척 많다.

할리우드 배우 중에서는 벤 스틸러의 심심한 코미디를 좋아한다. 감독까지 한 〈월터의 상상은 현실이 된다〉는 뛰어난 코미디 장면들로 가득하다. 마지막에 이르면 감동까지 덤으로 얻을 수 있다.

알렉산더 페인 역시 뛰어난 코미디 감독이다. 개인적으로는 〈사이드웨이〉와 〈디센던트〉를 최고작으로 꼽지만 〈어바웃 슈미트〉와 〈다운사이징〉 역시 재미있는 코미디 영화다. 일본 영화로는 〈카메라를 멈추면 안 돼!〉를 추천하고 싶다. 이 영화를 안 본 사람이 있다면, 아무런 정보 없이 곧장 영화 관람을 시작하라고 권하고 싶다.

한국에도 재미있는 코미디 영화가 많다. 내가 가장 좋아하는 감독은 장진이었다. 〈기막힌 사내들〉이나 〈킬러들의 수다〉, 〈아는 여자〉는 독특한 질감과 엇박자의 리듬이 압권인 코미디 영화다.

또 빠진 영화가…… 아주 많을 것이다. 세상에는 누군가를 웃기고 싶어 하는 사람이 무척 많고, 누군가를 웃기고 싶어 하

는 고결한 마음을 가진 사람이 많을수록 세상이 좀 더 나아

질 거라고 믿고 있다.

책을 찢어서 벽에 붙이자

책을 조심스럽게, 소중히, 아껴 가면서 읽는 사람들은 이 글을 건너뛰도록 하자. 공포 영화 저리 가라 할 정도로 참혹한 장면과 마주하게 될 테니 눈을 감든가 다음으로 넘어가길 바란다. 나는 책을 자주 찢는다. (아악!) 아름다운 사진이 있으면 칼로 오려 내서 (세상에!) 벽에 붙이고, 디자인이 멋진 페이지도 오려서 벽에 붙이고, 다시 볼 일이 거의 없을 것 같긴 한데 완전히 잊기에 아쉬운 책들은, 게다가 전자책으로 발간된 적도 없는 책들은 모두 낱낱이 분리하여 (맙소사!) 스캔을 받아 저장한다. 산산이 부서진, 한때 책이었던 종이들은 폐지 분리수거함으로 향한다.

책을 목적이 아닌 도구로 생각하는 사람만이 할 수 있는 잔

혹한 행동이다. 나는 책을 통해 아름다움을 느끼고, 그 아름다움을 지속시키고 싶어서 책의 일부분을 벽에다 붙인다. 전자책으로 재미있게 본 책인데 종이책으로 다시 사는 경우도 있다. 아름다운 도판을 직접 보고 싶어서다. 도판이 너무 아름다우면 책을 한 권 더 사기도 한다. 한 권은 보관하고 한 권은 칼로 오려 내서 벽에 붙일 용도로 사용한다. 음악 애호가 중에는 보관용 CD와 자신이 들을 CD를 각각 사는 사람도 있다고 하던데, 나와 비슷한 마음이 아닌가 싶다.

물론 벽에 붙인 그림을 몇 년 동안 보는 건 아니다. 길어야 6개월, 짧으면 한 달 정도 후에 교체된다. 그러려고 책을 찢었냐고 물어본다면, "그게 뭐 어때서?"라고 대답할 것이다. 책장에 꽂혀 있는 책은 안을 들여다볼 수 없지만 붙여 놓은 책은 매일 지나다니면서 볼 수 있다.

지금 책상 앞에는 내셔널지오그래픽 화보집에서 오려 낸 데이비드 앨런 하비의 사진이 붙어 있다. 호주 뉴사우스웨일스주 쿠마 근처에서 찍은 작품인데, 나무들이 황량하게 서 있는 모습에서 어떤 이야기를 읽어 내고 싶었다. 오가면서 계속 사진을 들여다봤고, 그 안에 어떤 비밀이 숨어 있을지 추측했다. 나는 이 사진 덕분에 단편 소설 하나를 쓰게 됐다. 이렇게 작품으로 연결되기도 한다면 책을 찢는 게 낭비가 아니라고 변명해 본다.

몰랐던 식물의 이름을 다섯 개 알아 보자

대부분의 식물과 동물에는 이름이 있다. 물론 그들이 자신의 이름을 알려 준 것은 아니고, 인간들이 붙인 이름이다. 인간들은 이름 붙이는 걸 참 좋아하고 분류하는 것도 참 좋아한다. 세상의 신비를 알고 싶은 호기심 가득한 마음과 모든 것을 자신의 영향력 아래 두고 싶어 하는 권력 의지가 동시에 작동한 게 아닌가 싶다.

누군가의 이름을 알면 이야기를 나누기 쉽긴 하다. "너 ○○ ○이라고 알지? 걔 진짜 이상하지 않니?"라고 뒷담화를 나눌 수 있는 것도 이름을 공유할 수 있기 때문이다. 이름이란 게 없다면 뒷담화는 훨씬 복잡해졌을 것이다. "너 우리가 지난번에 만났던 사람 중에 유난히 눈이 크고 눈썹이 초승달 모양이고 입술이 도톰한데 코 옆에 점 하나 있던 사람 기억나?"
라며 기나긴 설명을 덧붙여야 할 것이다. 이렇게 설명하다 보
니 좋은 관계를 위해서는 이름이 없는 것도 나쁘지 않겠다.

식물의 이름을 이야기하는 것만으로 기분이 좋아질 때가 있
다. '개나리'라는 단어를 이야기할 때마다 내 머릿속은 온통
노란색으로 가득 찬다. '황매화'라는 단어를 이야기할 때와는
조금 다른 색이다. '벚나무'와 '벚꽃'이라는 단어를 말할 때는
눈앞이 하얗게 변하고, '갯버들'이라는 이름을 소리 낼 때는
초록의 솜털이 입 밖으로 나오는 것 같다.

산책할 때는 구글 렌즈를 자주 이용한다. 곳곳의 식물들에
카메라를 갖다 대면 이미지 검색을 통해 이름을 알려 주는
애플리케이션이다. 맞을 때도 있고 틀릴 때도 있다. 검색된
사진과 비교해 보면 정답을 쉽게 알 수 있다. 검색 결과로 나
온 수많은 이름을 보면서 감탄했다. 식물의 분류를 체계적으
로 정리하기 위해 만들어진 이름 옆에는 집단 지성으로 만들
어진 이름도 있었다.

'여우버들'이란 이름은 누가 지은 것일까? 버드나무는 '부드
럽다'에서 파생된 단어라고 알려져 있으니, '여우버들'의 꽃

차례 모양이 여우의 부드러운 꼬리를 닮았다고 해서 정해진 이름이 아닐까 싶다. 비슷한 모양의 '호랑버들'은 붉은색으로 빛나는 겨울눈의 모습이 호랑이를 닮아서 지어진 이름이라고 하니, 여우버들도 내 예상이 맞지 않을까? 이름 하나만 가지고도 몇 시간을 놀 수 있을 것 같다.

식물도감을 하나 사서 그 안에 적힌 이름을 하루에 하나씩만 읽어 보면, 새로운 이름들이 마음에 계속 쌓이게 될 것이다.

내가 가장 좋아하는 악기의 '소리'에
집중해서 들어 보자

〈악기들의 도서관〉이라는 단편 소설을 쓴 적이 있다. 실의에 빠진 남자가 악기점 아르바이트를 하다가 문득 악기들의 소리를 녹음하기 시작한다는 이야기다. 악기점을 지나가다 문득 떠오른 상상에서 시작된 소설이었고, 소설을 쓰는 동안 주인공처럼 나 역시 악기들의 소리를 녹음했다. 소설에 이런 문장이 있다.

한 악기가 지닌 모든 소리를 녹음했다고 말할 수는 없겠지만, 적어도 내가 할 수 있는 최대한의 방법으로 악기에서 소리를 뽑아냈다. 긁거나 할퀴거나 두드리거나 뜯거나 쓰다듬거나 꼬집으면서 악기를 연주했다. 내 귀가 지금처럼 예민해질 수 있었던 것은 모두 그때의 작업 때문이라고 생각한다. 온몸에 널브러져 있는 감각들을 눈과 귀에다 집중해야 그 다양한 소리들을 구분하고 정리할 수 있었다. (《악기들의 도서관》 문학동네 2008)

악기로 연주하는 음악을 녹음하는 게 아니라 악기의 소리를 녹음했다. 음악이 연주되는 순간, 악기는 음악을 위한 도구가 되는 것 같다. 멜로디와 박자가 자신의 존재를 드러내기 위해 악기를 이용하는 것 같다. 악기는 순순히 멜로디와 박자에게 협조하고, 자신이 낼 수 있는 다양한 소리들을 음악에게 제공한다. 나는 악기에게 감정 이입하여 음악을 연주하고 있지 않은 악기 본연의 소리, 튕기거나 긁거나 두드렸을 때 나는 소리를 녹음해야 한다고 생각했다.

악기와 음악의 관계를 상상하다가 인간관계 역시 비슷하다는 생각을 했다. 우리는 관계 속으로 들어가는 순간 본연의 나와 조금 달라지는 것 같다. '친구와 수다를 떨던 오후의 나'와 '늦은 밤 혼자 생각에 잠긴 나'는 무척 다른 사람인 것 같다. 어떤 게 '진짜 나'라고 말할 수는 없겠지만 깊은 우물에 잠겨 있는 듯한 늦은 밤의 내가 좀 더 '솔직한 나'라는 생각이 들었다.

내가 좋아하는 악기는 피아노와 기타이다. 단순한 듯 풍성한 피아노의 소리, 고요하고 외로운 기타의 소리는 언제 들어도 질리지 않는다. 작업실 한구석에 기타와 피아노가 있는데 오가면서 괜히 한번씩 소리를 내 본다. 음악이 아니라 단순한 악기의 소리. 그러다가 두 소리를 같이 듣고 싶으면 빌 에반스와 짐 홀이 함께 한 명반 〈Undercurrent〉를 듣는다.

제일 좋아하는 영화를
새로운 시각으로 다시 한번 보자

여러 번 관람한 영화가 많다. 처음 볼 때는 주로 이야기와 주인공의 대사와 플롯에 매료된다. 아마도 소설가라 더 그럴 것이다. 인물들의 사연과 그들이 어떤 식으로 이야기에 머무르는지 관찰한다. 영화 평론가들은 연기와 연출과 의상과 편집과 미술을 한꺼번에 볼 수 있다는데, 그런 능력은 절대 생기지 않을 것 같다. 상관없다. 나는 시간이 많으니까 여러 번 보면 된다. 좋아하는 영화를 여러 번 보는 것은 얼마나 행복한 일인지 모른다. 거기서 매번 새로운 걸 발견한다.

영화 〈머니볼〉은 다섯 번쯤 본 것 같다. 극장에서 맨 처음 볼 때는 브래드 피트의 연기에 감탄했고, 스포츠 드라마에 걸맞은 반전에 초점을 맞추며 느긋하게 봤다. 영화가 끝날 때쯤 뮤지션 렌카의 음악이 흘러나오면서 브래드 피트의 얼굴이 클로즈업되었다. '인생은 미로. 사랑은 수수께끼. 어디로 갈까? …… 너는 루저야, 너는 루저야. 그냥 쇼를 즐겨요.' 운전을 하고 있는 브래드 피트의 옆얼굴이 무척 슬퍼 보였다. 영화를 처음부터 다시 봐야겠다는 생각이 들었다.

두 번째 볼 때는 마음에 드는 대사들을 기록하면서 봤다. IPTV에 올라와 있는 영화를 볼 때의 장점은 일시 정지 버튼을 누를 수 있다는 것이다. 말이 워낙 많은 영화라서 나는 재생 버튼과 일시 정지 버튼을 번갈아 눌렀다. 세 번째는 미술과 화면 구도와 의상과 야구를 묘사하는 디테일에 집중했다. 네 번째는 표면의 이야기와 심층의 이야기를 분리하면서 봤다. 다섯 번째는 브래드 피트가 먹는 간식에 집중하며 봤다. 모든 음식을 참 맛있게 먹는다. 이제는 영화를 보고 있지 않아도 많은 장면이 선명하게 떠오른다. 내 눈과 몸 전체가 영화 〈머니볼〉을 상영하는 극장이 된 것이다.

어떤 예술 작품을 감상할 때 우리는 편협하게 볼 수밖에 없다. 자신의 관심사 중심으로, 현재 자신이 처한 상황을 기반으로 보게 된다. 너무나 당연한 일이다. 내게 영화는 목적이 아니라 도구일 때가 더 많다. 재미있는 시간을 보내기 위해서, 스트레스를 날려 보내고 싶어서, 더 나은 심미안을 갖고 싶어서, 궁금한 걸 알고 싶어서, 나는 영화를 본다.

영화를 보고 난 후 어떤 질문이 남는다면, 나는 그 질문을 풀기 위해서 새로운 눈을 장착한다. 다시 영화를 재생한다.

타임 랩스 영상을 찍어 보자

1895년 12월 28일, 뤼미에르 형제는 파리 카퓌신 거리 14가에서 서른세 명의 관객에게 영화를 상영했다. 역사적인 날이다. 그로부터 몇 개월 후 최초의 타임 랩스 필름이 제작됐다. 타임 랩스란 몇 시간 혹은 며칠에 걸쳐 간헐적으로 촬영한 장면을 몇 초나 몇 분 동안 볼 수 있게 만들어 주는 영상 기법이다. 우리는 타임 랩스를 통해 긴 시간의 흐름을 한눈에 조망할 수 있다.

타임 랩스 필름을 최초로 제작한 사람은 식물학자 빌헬름 프리드리히 필립 페퍼였다. 한스 리퍼세이가 망원경을 만들어서 우주 연구의 시작을 알렸고, 자카리아스 얀센이 현미경을 만들어 한없이 작은 세계를 관찰할 수 있게 만들었다면, 빌

헬름 페퍼의 타임 랩스 기법은 한없이 느리게 움직이는 식물들을 관찰할 수 있게 해 준 것이다. 타임 랩스 기법을 접한 식물학자들은 환호했다. 이제 식물이 얼마나 활동적인 생물인지 사람들에게 보여줄 수 있게 됐기 때문이다.

요즘은 텔레비전에서 타임 랩스 기법을 자주 볼 수 있다. 다큐멘터리나 드라마, 영화, 예능 프로그램에서 시간의 흐름을 표현할 때 타임 랩스 기법을 이용한다. 차들이 빠르게 움직이고, 태양과 달이 나타났다 사라지고, 풍경이 순식간에 바뀌는 모습들을 볼 수 있다. 길고 긴 시간을 압축해서 보여 주는 순간, 우리는 시간의 궤적을 보는 것 같은 착각을 느끼기도 한다. 눈에 보이지 않던 시간이라는 추상 명사를 카메라에 담은 것이다.

창밖의 풍경을 타임 랩스로 자주 촬영하는데, 가장 신비로운 것은 구름과 햇빛의 이동이다. 구름은 시시각각 모습을 바꾸며 재빠르게 이동한다. 타임 랩스로 찍으면 구름은 마치 새들처럼 무리 지어 움직인다. 방 안으로 들어온 햇빛을 타임 랩스로 촬영하면 내가 머물고 있는 공간이 전혀 다르게 보인다.

쓰지 않는 핸드폰을 이용해 집 안에다 타임 랩스 카메라를 설치해도 재미있다. 하루 종일 찍은 영상을 재생해 보면 내가 어떤 공간에 가장 오래 머무르는지 알 수 있다. 그리고 내가 얼마나 진득하게 앉아 있지 못하는지도 알 수 있다. 1초가 모여 1분이 되고, 1분들이 모여 하루가 완성된다는 사실, 그 하루가 얼마나 덧없게 흘러가는지 타임 랩스에는 모두 기록돼 있다.

✳

일상의 소리들을 녹음해 보자

일상의 많은 소리를 녹음해 볼까.

고양이 발자국 소리,

말벌의 날개 소리,

에어컨이 멈추는 소리,

의자를 끄는 소리,

문이 닫히는 소리,

핸드폰 배터리가 부족해서 나는 경고음,

기타의 한 줄을 퉁기면 나는 소리,

책장을 넘기는 소리,

구두를 신고 콘크리트 바닥을 걷는 소리,

형광등이 깜빡거리면서 내는 소리,

고무공이 바닥에 튀는 소리,

턴테이블 위에서 LP가 돌아가는 소리,

냉장고의 얼음이 움직이는 소리,

컵 속의 얼음이 녹으면서 내는 소리,

자동차의 트렁크가 닫히는 소리,

고구마가 튀겨지는 소리.

세상에는 얼마나 많은 소리가 있는지 모른다. 녹음한 소리들을 하나의 파일로 만들어서 가끔 들어 보면 보물 창고에 들어서는 듯한 느낌이 든다.

약도를 그려 보자

요즘 세대는 '약도'가 어떤 기능을 하는지 전혀 모르지 않을까? 누군가에게 위치를 알려 주기 위해 무려 그림을 그리기도 했다는 사실을 믿지 못하는 사람도 있을 것이다.

중요한 건물은 크게 그리고, 기억을 더듬어 가면서 길의 형태를 종이에 그렸다. 그걸 전달 받은 사람은 온갖 상상력을 동원하여 목적지를 찾아갔다. 정확하지만 상상력이 제한될 수밖에 없는 지도앱 대신에 약도를 그려서 선물해 보자. 아니면 오직 나를 위해서 내 집 주변의 약도를 그려 보자. 기억을 더듬으며 내 집 주변의 건물과 상점과 중요 지점과 길을 떠올려 보자.

이야기 바깥의 이야기를 상상해 보자

이야기는 삶의 압축판이다. 어제 본 두 시간짜리 영화에 대해 세 시간 동안 이야기하는 사람도 있겠지만, 기본적으로 우리는 누군가에게 내 이야기를 들려줄 때 경험을 요약하고 압축한다. 시작과 끝은 어떤 부분으로 할지, 어떤 사건을 강조할지, 어디를 삭제할지 정한다. 우리는 누군가에게 경험을 이야기하면서 삶을 재구성하게 된다. 우리는 이야기하기를 통해서 자신에게 중요한 게 무엇인지 깨닫게 되는 셈이다.

소설이나 영화를 보고 나면 이야기 바깥의 이야기를 상상해 보는 버릇이 있다. 버릇이라기보다 직업의 특성인지도 모르겠다. 소설이 시작되기 전의 주인공은 어떤 삶을 살고 있었을까? 영화가 끝난 후, 주인공은 어떻게 살아갈 것인가? 허구의 인물이지만 그들의 삶을 구체적으로 상상해 보는 순간 더 많은 이야기를 건져 올릴 수 있다.

일본의 영화 감독 고레에다 히로카즈는 자신의 연출 목표를 이렇게 말했다. "(내 연출의 목표는) 영화 속에 그려진 날의 전날에도 다음날에도 그 사람들이 거기서 살고 있는 것처럼 보이게 하겠다는 것이다. 영화관을 나온 사람으로 하여금 영화 줄거리 자체가 아니라, 그들의 내일을 상상하고 싶게 하는 묘사. 그 때문에 연출도 각본도 편집도 존재한다 해도 과언이 아니다."(《걷는 듯 천천히》 고레에다 히로카즈, 문학동네 2015)

좋은 이야기는 이야기 바깥을 상상하기 쉽다. 그들이 어떻게 살아왔는지 짧은 이야기로도 잘 보이기 때문이다. 때로는 단한 마디 대사로 전체 삶을 보여 주기도 한다. 극장을 나서는 순간 이야기는 시작된다. 예를 들어 영화 〈미나리〉의 주인공들은 모든 사건이 끝난 후 어떻게 살아갈까? 영화의 마지막 장면은 아버지와 아들이 할머니가 심어 놓은 미나리를 뜯는 장면이다. 부부는 함께 살게 된 것일까? 할머니는 어떤 상태일까? 아버지의 사업은 괜찮아졌나? 집으로 가는 길에 계속 질문을 던지게 된다. 머릿속에 한번 각인된 이야기는 절대 사라지지 않는다. 잊어버리고 살아가다가도 어느 날 문득 이야기 속의 인물들이 말을 걸어온다. 그들은 계속 머릿속에서 살고 있었던 것이다.

필요한 물건 하나를 빼고 하루를 살아 보자

직장인들에게 질문했다.

'출근길의 버스 정류장에서 집에 어떤 물건을 빠뜨리고 온 걸 알았다. 돌아갈 것인가 말 것인가.'

손수건, 우산, 지갑, 사원증의 경우엔 대부분 돌아가지 않는다고 답했다. 대체가 가능하거나 임시로 수습할 수 있다. 핸드폰? 무조건 돌아간다고 답한 사람이 많았다. 핸드폰에는 연락처와 회사 자료와 결제 기능과 게임기와 카메라와 일기장과 텔레비전이 들어 있다.

나도 집에다 핸드폰을 두고 나온 적이 있다. 버스를 타고서야 알았다. 돌아가려면 광역 버스에서 내려야 하는데, 그럼 약속 시간에 늦을 수밖에 없다. 불편할 게 분명했지만 선택의 여지가 없었다. 핸드폰이 없는 하루는 불편하면서도 한편으로는 새로웠다. 잠깐 카페에 갔을 때는 아무런 방해 없이 책을 읽었고 문자 메시지나 메일이 나를 귀찮게 하지도 않았다. 결핍이 때로는 새로운 감각을 선사한다는 걸 알게 됐다. 그다음부터 매일 외출할 때마다 핸드폰을 집에다 두고, 다니면 좋겠지만 그렇게 되지는 않았다. 편리함을 포기하기란 쉬운 일이 아니다.

핸드폰을 집에다 두고 외출할 수는 없지만 꼭 필요한 물건을 하나씩 제외시켜 보는 건 재미있다. 외출 필수품 중의 하나인 노이즈 캔슬링 기능이 탑재된 이어폰을 두고 나간 적도 있다. 주변의 소음에 예민하기 때문에 이어폰 없이 나간다는 건 갑옷을 벗고 전쟁터에 나가는 것과 비슷했다. 새 물건을 사 달라고 아이들이 떼쓰는 소리, 헬리콥터가 날아가는 소리, 박새가 하늘을 날며 내는 소리, 사람이 사람을 부르는 소리, 사람이 사람에게 대답하는 소리를 하루 종일 무방비 상태로 들었다. 다양한 소리를 듣는다는 건 피곤한 일이지만 새로운 감각을 일깨우기엔 좋은 방법이었다.

텔레비전이 없는 날은 어떨까. 전기가 없는 날은 어떨까. 고기 반찬이 없는 날은 어떨까. 음악이 없는 날은 어떨까. 컴퓨터가 없는 날은 어떨까. 전화 통화가 없는 날은 어떨까. 꼭 필요하다고 생각했던 것들이 어쩌면 필요 없다는 걸 알게 될 수도 있다. 덧셈보다는 뺄셈을 이용해야 정답이 나오는 순간이 있다.

눈을 감고 지구본에서 나라 하나를
찍은 다음, 여행을 떠나 보자

내가 세계 여행을 떠나는 방법. 지구본을 돌린다. 눈을 감고 지구본의 한 곳을 찍는다. 어떤 나라인지 확인한다. 그 나라에 대해 조사한다. 가장 유명한 음식이 무엇인지, 사람들은 주로 뭘 먹고 사는지, 어떤 음악을 듣는지, 특이한 문화가 무엇인지, 가장 유명한 책은 무엇인지, 조사해 본다. 내가 최근에 여행한 곳은 과테말라였다.

과테말라의 온도는 17도. (아, 딱 좋은 날씨네.)

과테말라 사람들이 가장 많이 먹는다는 과카몰리를 만들기로 했다. (과카몰리는 멕시코 음식인 듯하지만.)

애플뮤직에서 과테말라에서 많이 듣는 음악을 선곡해 두었다.

과테말라 대표 작가는 미겔 앙헬 아스투리아스. 노벨문학상

수상 작가다. 국내에 번역된 작가의 책은 《대통령 각하》(을유문화사 2012), 바로 주문했다.

과카몰리를 만들기 위해 재료를 구입했다.

과테말라 국기를 태블릿에 띄워 두고 집 안의 온도를 17도로 맞춘 다음 과카몰리를 먹으면서 파루코의 〈Pepas〉를 들으며 미겔 앙헬 아스투리아스의 《대통령 각하》를 읽었다.

가만히 누워 10분 동안 있어 보자

누워서 5분 동안 가만히 있어 보자. 이런 저런 생각이 날 것이다. 이런 생각도 쫓아가고, 저런 생각도 쫓아가다 보면 5분이 금방 지나갈 것이다. 그러면 5분 동안 더 누워 있어 보자. 생각이 조금씩 잦아들고 졸음이 밀려올 것이다. 눈을 뜨고 어떤 사물을 가만히 들여다볼 때도 있을 것이다. 그렇게 10분 동안 누워 있다가 일어나면 좋다. 10분으로 부족하다 싶으면 20분 동안 누워 있어 보고, 잠이 오면 잠이 드는 걸 막지 말고, 깨고 싶을 때 깨고, 더 자고 싶으면 자고, 그러다 보면 문득 행복하다는 감각이 온몸에 가득 들어찰 것이다.

내가 살고 싶은 집의 평면도를 그려 보자

누군가 살 집을 구해 주는 프로그램이나 짐이 많아서 복잡해진 집을 정리해 주는 프로그램을 볼 때마다 세상에는 참 다양한 방이 있다는 것을 실감하게 된다. 큰방, 작은방, 옷 방, 창고, 네모난 방, 세모난 방, 둥근 방, 문이 없는 방……, 이렇게 방이 많은데, 왜 어린 시절 나는 방이 없었던 것일까, 아쉽기만 하다. 국민 한 사람당 하나의 방이 기본으로 주어진다면 얼마나 좋을까 싶은 생각도 든다. 방이 많아서 비워 두는 사람이 있는가 하면 방 하나를 구하지 못해 거리로 나가야 하는 사람도 있다. 내가 살고 싶은 집의 평면도를 그려 보자. 주방, 거실, 창문을 그려 보자. 그 평면도에 내가 뭘 중요하게 생각하는지가 잘 들어 있을 것이다.

자신이 최근에 느꼈던 가장 강렬한 분노를 적어 보자. 그리고 복수 방법을 생각나는 대로 적어 보자

복수에 대한 명언은 복수를 하려는 사람들의 숫자만큼이나 많은 것 같다. 대부분의 명언은 복수를 만류하는 내용이다. 가장 유명한 명언은 베이컨의 말. "복수하면 인간은 적과 같은 수준이 된다. 하지만 무시하면 그는 적보다 우월해진다." 적보다 잘 사는 것이 최고의 복수라는 뜻이겠지.

내가 좋아하는 통쾌한 격언도 있다. "작가와 척지지 마라. 인쇄기로 찍어서 복수하는 자들이다." 작가들이 얼마나 무서운 존재들인지 알려 준다. 작가들은 총이나 칼을 들고 복수하는 대신 상대의 비열함을 책으로 폭로한다. 어떤 작가들은 싫어하는 사람을 소설 속 악당으로 등장시켜 비참한 죽음을 맞게 한다. 나는 그러지 않는다. 내 주변의 나쁜 사람들이여, 긴장하지 말길.

글을 통해 누군가에게 복수하려는 작가에게 이런 격언도 알려 주고 싶다. "복수란 처음 생각에는 달콤하지만, 얼마 안 가 자신에게로 쓰디쓰게 되돌아온다." 존 밀턴의 말이다. 복수의 글을 어떻게 써야 하는지 알려 주는 지침과 같다. 글을 통해 강렬하게 복수하되 빨리 치고 빠지라는 얘기다. 복수의 감정이 글 전체를 망치지 않도록 해야 한다. 복수의 여파가 자신에게 쓰디쓴 감정으로 되돌아오기 전에 깔끔하게 감정을 마무리해야 한다. 질척거리지 말고 산뜻하게 복수한 다음 단호하게 돌아서야 한다.

우선 복수하려는 대상의 리스트를 만들어 보자. 어떻게 복수하고 싶은지 종이에 적어 보기만 하자. 실천하지는 말고, 그냥 적자. 방법을 떠올리는 것만으로도 카타르시스를 느낄 수 있다. 어쩌면 독창적인 복수 방법을 만들어 내서 박찬욱 감독의 '복수 3부작' 같은 명작을 만들게 될지도 모른다.

복수 리스트를 만들고 난 다음에, 복수 방법을 생각하고, 다짐하자. 우리 모두 더 행복해지는 방법으로 우리를 괴롭힌 사람들에게 복수하는 걸로.

처음 타 본 버스의 종점까지 가 보자

의도치 않게 버스 종점에 가 본 적이 있다. 술을 마시고 버스 막차를 탔는데 뒤쪽 좌석에서 꾸벅꾸벅 졸고 있는 나를 운전기사가 보지 못했던 모양이다. 눈을 떠 보니 버스 차고지였고, 나 말고는 버스 안에 아무도 없었다. 운전기사가 한번쯤 차 안을 둘러보고 내리는 것이 원칙일 텐데 그날따라 바쁜 일이 있었던 모양이다. 나는 덜렁 혼자 남았다. 버스 출입구는 밖으로 잠겨 있어서 나는 뒷좌석의 아주 작은 창문으로 간신히 빠져나왔다. 종점은 고즈넉했다. 수많은 버스가 잠들어 있는 것처럼 보였다. 귀신 영화 같은 걸 찍어도 좋을 만큼 무시무시한 적막이 주차해 둔 버스들 사이의 좁은 틈을 흘러 다니고 있었다. 나는 뒤도 돌아보지 않고 빠른 걸음으로 종점을 빠져나왔고, 택시를 타고 집으로 돌아왔다.

시간이 흘러 도시의 외곽으로 이사를 가게 되었고, 주변에서 버스 종점을 자주 보게 됐다. 한낮의 버스 종점에는 한 바퀴 주행을 끝내고 다음 시작을 준비하고 있는, 적당한 긴장감이 흘러 다니고 있다. 종점이란, 바꿔 말하면 시작점이기도 하다.

하루 종일 반대로만 행동해 보자

청개구리 우화를 가르치는 어른들의 목적은 무엇일까. 청개구리 우화를 모르는 사람들도 있을 수 있으니 짤막한 요약. 청개구리 가족이 살았다. 아들 청개구리는 엄마의 말에 늘 반대로 행동했다. 아들 청개구리 걱정에 엄마는 병이 났고, 마지막 유언을 남겼다. "나를 강 옆에 묻어 주렴." 엄마의 트릭이었다. 강 옆에 묻어 달라고 했으니 산에 묻어 주겠지. 아들 청개구리는 그동안 반대로 한 걸 후회하며 엄마의 유언을 따랐다. 비가 오고, 강 옆에 있던 무덤이 휩쓸려 내려가고, 아들 청개구리는 그 모습에 울고, 비가 올 때면 지금도 울고 있다는 이야기.

내가 느낀 첫 번째 교훈, 엄마는 아들을 잘 모른다. 두 번째 교훈, 젊어서 말썽 피우던 아들도 나이 들면 정신 차린다. 세 번째 교훈, 인생은 후회할 수밖에 없다. 네 번째 교훈, 휩쓸려 간 무덤 앞에서 울어도 소용없다.

의심도 생긴다. 첫 번째 의심, 엄마 청개구리는 아들 청개구리가 자신을 강 옆에 묻을 걸 알지 않았을까? 두고두고 후회하라고 강에다 묻어 달라고 한 게 아닐까? 그게 아니라면, 마지막 순간에 자신의 무덤을 보호하기 위해 굳이 아들에게 거짓말을 할 이유가 있을까?

젊은 세대는 반대로 행동해도 될 특권이 있다. 시간이 많으니까. 나이 든 세대는 자신의 경험을 토대로 조언을 하지만 그건 특별하고 유일한 자신만의 경험일 뿐이다. 길이 하나뿐이라면 새로운 시도를 해 볼 가치도 없겠지.

어제의 나에게 반기를 들어 보자. 어제 왼쪽 길로 갔다면 새로운 오른쪽 길로 가 보고, 늘 커피를 마셨다면 쌍화차도 마셔 보자. 반대 방향으로 누워서 자 보고, 걸었다면 뛰어 보고, 오른손으로 하던 일을 왼손으로 해 보자. 바지를 입을 때 왼쪽 다리부터 넣었다면 오른쪽부터 시도해 보자. 오른쪽부터 했던 귀 파기를 왼쪽부터 해 보자. 하루 종일 반대로 행동해 보자. 이건 무척 어려운 일이다. 우리는 늘 하던 대로 하던 습관이 있어서, 잠깐만 집중력이 흐트러져도 원래대로 돌아간다. 거울 속의 나를 만나는 일은 생각보다 쉽지 않지만, 분명히 새로운 나를 만날 수 있을 것이다.

음악을 들으며 리드미컬하게 걸어 다녀 보자

로이 블라운트 주니어의 말을 좋아한다. "뉴욕 걷기는 운동
이 아니다. 그건 지속적으로 당신의 영화를 상영하는 행위
다." 내 식으로 덧붙이자면 이렇다. "이어폰으로 음악을 들으
며 걸어 다니는 것은 운동이 아니다. 그건 자신만의 영화를
상영하는 방식이다." 주변의 소리를 들으면서 걷는 것도 좋
지만 때로는 모든 소리를 차단하고 나만의 BGM을 들으며
걷는 것도 좋다. 정말 내가 영화 속의 주인공이 된 것처럼 느
껴지기도 하고 주변의 풍경과 건물이 세트장처럼 보이기도
한다. 느린 음악을 들으면 모든 세상이 로맨틱해 보이고, 신
나는 음악을 들으면 내가 마치 (본 시리즈의 제이슨 본 같은)
첩보원이 된 것 같기도 하다.

음악을 들으면서 걸으면 발도 빨라진다. 나도 모르게 음악에 발을 맞춰 걷고 있다. 어디로든 걸어갈 수 있을 것 같고, 며칠 동안 계속 걸을 수 있을 것 같다. 그런 노래도 있지 않은가. "지구는 둥그니까 자꾸 걸어 나가면 온 세상 어린이들 다 만나고 오겠네."

여러 상황에서 음악을 들어 봤지만 최고로 노래가 잘 들리는 경우는 자동차 안에서 들을 때와 이어폰으로 들으며 걸을 때다. 자동차 안에서 듣는 노래가 최고이긴 한데, 꽉 막힌 도시에서는 별로다. 외곽 도로나 고속 도로를 달릴 때에야 제대로 음악을 즐길 수 있다. 자동차가 없는 사람도 많을 테니, 가장 쉬운 방법은 역시 걷는 쪽이다.

좋은 이어폰을 하나 사고(노이즈 캔슬링 기능이 있는 게 좋다.) 편안한 신발을 하나 사고, 차들이 다니지 않는 길을 걸어 보자. 둘레길이든 시골길이든 숲길이든 하루 종일 걸을 수 있는 곳에서 걸어 보자. 때로는 음악 없이 주변의 소리를 들으며, 때로는 나만의 음악을 들으며 하루 종일 걸어 보자. 30분쯤 걸으면 발목이 저릿해지고, 골반이 시원해지고, 주변의 풍경이 눈에 들어오기 시작한다. 한 시간쯤 걸으면 몸에서 조금씩 열이 나고, 내가 굳이 다리를 움직이려고 하지 않아도 저절로 몸이 움직인다.

뉴턴의 제1법칙을 흉내 낸 '내 운동의 제1법칙'. 외부 음악이 가해지지 않으면 인간은 점점 느려지게 된다. 이제 음악을 들으며 빨리 걸어 보자.

깜깜한 밤에 밖으로 나가 별 사진을
찍어 보거나 잠이 오지 않는 날이면
밤을 새서 일출 사진을 찍어 보자

우리는 별 사진을 왜 좋아할까? 별이 멀리 있기 때문일 것이다. 나와 전혀 상관없는 세계에서 존재하는 별을 내가 볼 수 있고, 사진에 담을 수도 있다. 은하수나 별 궤적을 찍은 사진을 보고 있으면 갑자기 공간 감각이 새로워진다. 우리가 살고 있는 곳이 정확히 어디인지 깨닫게 된다.

해돋이를 보러 가는 것도 비슷한 심정일 것이다. 매일 뜨고 지는 해가 새로울 리 없지만, 멀리 있는 태양을 보는 것은 지금의 내 위치를 정확히 알고 싶기 때문이다. 몇 년 전 연말을 강릉에서 보낸 적이 있다. 새해 아침이 되어 많은 사람이 바닷가로 몰려나왔다. 대부분의 사람들이 움직이지 않고 태양을 바라보고 있었다. 사람들은 아주 천천히 떠오르는 태양을 기다려 주었고, 태양은 최대한 느릿느릿 움직이면서 자신을 향한 시선을 만끽하는 것처럼 보였다. 그 짧은 시간이 무척 성스럽게 느껴졌다. 사람들의 머릿속 생각이 말풍선처럼 보인다면 얼마나 좋을까. 어떤 걸 바라는지, 꿈은 무엇인지, 태양에게 말한 자신의 소망은 무엇인지 궁금했다. 많은 사람이 핸드폰을 손에 들고 있었고, 천천히 떠오르는 태양을 찍었다. 그곳에 있었던 사람들은 오랫동안 그 영상을 돌려볼 것이다.

음식을 먹고 난 다음,
도형과 색으로 맛을 표현해 보자

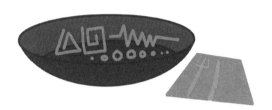

내 도형 해석 : 처음엔 무슨 맛인지 모르겠다가 출구를 찾는 것 같다가 둥글둥글한 맛을 느꼈는데, 뒤로 갈수록 다양한 맛의 롤러코스터를 느낄 수 있었다. 쭈우욱 오랫동안 지속된 뒷맛.

성대모사를 해 보자. 좋아하는 배우의
말투를 분석하고 따라 해 보자

성대모사를 잘하는 사람들은 타고나는 것 같다. 성대모사 재능이 따로 있는 건 아니지만 몇 가지 재능이 필요한 것은 확실하다. 우선 관찰력. 상대의 말투, 습관, 호흡을 관찰할 줄 아는 사람이 따라 하기도 잘한다. 둘째, 암기력. 누군가의 말을 틀리지 않고 외우는 것도 능력이다. 셋째가 제일 중요한데 바로 '뻔뻔력'이다.

내가 참여한 책 소개 프로그램 〈북유럽〉에 가수 양희은 씨가 초대 손님으로 나온 적이 있다. 함께하는 MC는 코미디언 송은이, 김숙, 유세윤 씨인데, 나를 뺀 세 명의 MC가 어찌나 성대모사를 남발하던지 정신을 차릴 수가 없었다. 옆에서 함께 해 보니 양희은 씨가 성대모사를 하고 싶게 만드는 목소리인 것은 확실했다. 정확한 발음, 독특한 리듬, '그럴 수 있어.' '그러라 그래.'와 같은 매력적인 말투를 듣고 있으면 따라 하고 싶은 마음이 절로 든다. 따라 하고 싶다고 다 따라 하는 것도 아니고, 따라 할 수 있는 능력이 된다고 해도 모두가 그러는 건 아니다. 나도 집에서는 "그럴 수 있어."를 양희은 씨 스타일로 얘기하길 좋아하지만 당사자 앞에서 그걸 하려면 얼마나 담대한 마음이 필요한지 모른다.

뻔뻔함.

성대모사에는 이게 제일 중요한 것 같다. 세 명의 MC들은 잘하든 못하든 비슷하든 그렇지 않든 열심히 성대모사를 했다. 셋 다 모두 다른 스타일로 비슷했다. 덕분에 나는 한 명의 오리지널 양희은 씨와 세 명의 유사 양희은 씨 사이에서 방송을 했고, 어쩐지 외로운 기분이 들었다.

나도 집에서는 가끔 성대모사를 해 보는데, 시간이 금방 지나간다. 대사를 외우고 따라 해 보고, 다시 대사를 외워 보는 반복은 피아노를 칠 때와 비슷하다. 피아노 소나타를 연습해 보면 위대한 피아니스트들의 손길이 얼마나 대단한지 알 수 있다. 반복하면서 차이를 만들고, 차이가 새로운 반복의 출발이 되는 일은 모든 창조 과정에서 비슷한 것 같다. 송강호 씨, 윤여정 씨, 이순재 씨 같은 배우들의 말투를 따라 해 보고 나면 그들의 연기가 얼마나 대단한지 새삼 느끼게 된다.

노래 열 곡 이상이 들어가 있는
뮤지션의 정규 앨범을 스킵하거나
중단하지 말고 끝까지 들어 보자

싱글이 대세다. 정규 앨범을 내지 않고 한 곡씩 발표하는 것이 피할 수 없는 음악 시장의 흐름이 되었다. 스트리밍 음악 환경 때문이기도 하고, 빨리빨리 변하는 유행에 따르기 위한 것이기도 하다. 열 곡이 넘는 음악을 한꺼번에 공개하면 집중적인 관심을 받을 수 있겠지만, 순식간에 잊혀지고 말 것이다.

음악을 열심히 듣던 20대 무렵에는 '절대 스킵하지 않고 앨범 듣기'를 자주 했다. 아무리 좋아하는 뮤지션의 앨범이더라도 어떤 곡은 초반부터 마음에 들지 않아서 빨리 다음 곡을 듣고 싶어질 때가 있다. 그래도 참아야 한다. 끝까지 들어 봐야 한다. 그 곡을 만든 이유가 있을 것이다. 어떤 곡은 너무 좋아서 다시 듣고 싶어질 것이다. 그렇지만 참아야 한다. 정규 앨범은 흐름이고 기세다. 영화 〈기생충〉의 기우(최우식) 말투를 빌려 보자면 이렇게 말할 수 있다. "정규 앨범이란 게 뭐야? 앞으로 치고 나가는 거야. 그 흐름, 리듬을 놓치면 완전 꽝이야. 3번 곡 완성도? 관심 없어. 나는 오로지 내가 이 정규 앨범 전체를 어떻게 치고 나가는가, 장악하는가, 거기에만 관심 있다. 정규 앨범은 기세야, 기세."

정규 앨범은 흐름이 중요하다. 1번 트랙과 2번 트랙은 가볍게 시작하고, 3번과 4번 트랙에서 진수를 보여 주고 5번에서 잠깐 쉰 다음 6번은 조금 실험적인 음악……, 이런 식이다. 전체 앨범을 다 듣고 나면 음반을 만든 사람의 생각이 귀로 들리는 것 같다. 오래된 음반들은 대부분 정규 앨범으로 발표된 것들이 많으니, 스킵 없이 들어 보자. LP라면 더 좋다. A면과 B면이 나뉘어 있으니 흐름을 알기에 더 좋고, 스킵하기도 쉽지 않다.

내가 해 보고 싶은 직업을 적어 보고,
내가 절대 할 수 없을 것 같은 직업을 적어 보자

내 소설에 나왔던 직업.

안테나 감식반 — 전국을 돌아다니면서 안테나 수신율을 확인하고, 수신이 잘 되지 않는 지역의 상황을 개선하는 직업. 만들어 낸 직업 같겠지만(실제 업무는 조금 다르긴 해도) 이동 통신사에서 실제 운용하고 있는 팀이다.

마약 운반자 — 직업이라고 할 수 없겠지만 무척 세밀한 자료 조사가 필요했다. 마약을 콘돔에 넣어 뱃속에 저장한 다음 국경을 넘는 경우가 많은데, 항문으로 넣는 부류들을 '스터퍼'라고 부르고, 입으로 삼키는 부류들을 '스왈로워'라고 부른다.

게임 개발자 — 보드게임을 개발하는 직업은 내가 꼭 해 보고 싶었던 것이라서 게임 개발 관련 자료를 근거로 만들었다.

오차 측량원 — 매년 해수면이 높아지기 때문에 해수면을 측정하여 전 세계적인 위험을 감지하는 직업. 실제로는 없는 직업이며, 상상으로 만든 것이다. 오차 측량원으로 활동하던 주인공의 이전 직업은 '항공 사진 기능사'인데, 항공 사진 측량용 카메라로 지상의 이상을 감지한다. 실제로 있는 직업이다.

소설을 시작할 때면 이런 직업들을 상상한다. 직업에서 모든 게 시작된다. 한 사람이 돈을 받기 위해 어떤 일을 할지 상상해 보는 것만으로도 다른 사람들의 처지를 조금은 이해할 수 있다.

편지를 써 보자

20대 초반에 '글을 좀 쓴다'는 이유로 가끔 편지 대필을 했다. 나는 어떤 마음이 전달되면 좋겠는지 물었고, 그 마음을 솔직하게 적었다. 담담하게, 장식은 빼고, 구성에 신경을 쓰면서 편지를 썼다. 그 마음이 상대방에게 얼마나 전달됐는지는 알지 못하지만 부탁한 사람들은 대부분 만족했다. 자신이 하고 싶었던 말보다 더 멋지게 표현된 것 같다고 좋아했다. 내게 부탁했던 사람들이 편지를 쓰기 힘들어했던 이유는, 상대방에게 잘 보이고 싶었기 때문이다. 나는 그럴 이유가 전혀 없는, 모르는 사람이기 때문에 쉽게 편지를 쓸 수 있었다.

편지는 무척 쉬운 글쓰기다. 구체적인 대상이 있기 때문이다. 평론이나 에세이나 소설은 가상의 독자를 만들어 놓고 쓰지만, 편지는 대상이 정확하게 정해져 있다. 그 사람에게 하고 싶은 말을 두서없이 꺼내 놓거나 관계에 따라 속 깊은 이야기나 비밀을 털어놓을 수도 있다. 과녁이 정확히 보이기 때문에 화살이 빗나갈 염려가 별로 없고, 설사 빗나가더라도 큰 상관이 없다. 잘 보이고 싶은 마음만 조금 내려놓는다면, 편지만큼 쓰기 쉬운 글이 없다.

글을 쓰고 싶은데 잘 써지지 않는 사람이라면 편지로 시작해 보길 권한다.

예를 들어 외로움에 대해 써 보고 싶은데 잘 써지지 않는다면, 내 외로움을 이해해 줄 만한 대상을 정한 후 그 사람에게 편지를 써 보면 좋다. 편지지를 펼치고 '○○에게'로 시작한 다음 곧바로 본론으로 들어갈 수 있다. 쓸데없는 포장으로 글이 지저분해지지 않을 것이다.

이메일로 써 보는 것도 괜찮다.

나 역시 글쓰기 프로그램을 열었을 때는 글이 잘 써지지 않는데, 누군가에게 이메일을 보내기 위해서 전자 우편 프로그램을 열었을 때는 손가락이 빠르게 움직인다. 글을 쓴다는 것은 결국 내 마음을 어디론가 전하고 싶은 행위이고, 편지는 거기에 가장 어울리는 글쓰기 형식이다. 글쓰기를 위해서가 아니라 그냥 생각나는 누군가에게 편지를 쓰는 것도, 당연히 좋다.

내 몸의 감각 기관 중에서
가장 예민한 부분을 찾아내고,
하루 종일 그 기관에 집중해 보자

눈에 집중해 보자. 눈을 감았다 떴다가 다시 감으면서 눈꺼풀에 집중해 보자. 인공 눈물을 넣어서 눈 속에 물이 차오르는 감각을 느껴 보자. 눈을 감고, 눈동자를 위, 아래, 왼쪽, 오른쪽으로 돌려 보자. 눈을 감은 채 엄지손가락으로 꾹꾹 눌러 보자. 물속에 얼굴을 넣은 다음 눈을 떠 보자. 먼 곳을 바라보자. 가까운 곳의 책을 보자. 큰 글씨를 보고 작은 글씨를 보자. 이런 식으로 다음에는 코에 집중해 보자.

하루 종일 내가 들었던 음악의 리스트를
만들어서 저장해 보자

‘샤잠’이라는 애플리케이션을 자주 사용한다. 들려오는 노래의 제목이 궁금할 때 애플리케이션을 작동시키면 제목을 알려 준다. 할 때마다 신기하다. 대체 어떻게 제목을 알 수 있지? 그 안에 어떤 음악 박사님이 살고 계시기에 노래 제목을 척척 알아맞힐 수 있지? 문득 하루 종일 내가 듣는 음악의 리스트가 궁금해져서, 샤잠과 아이폰의 ‘단축어’ 기능과 메모장을 연동시켰다. 내가 듣고 있는 음악에다 핸드폰을 갖다 댄 다음 단축어 버튼을 누르면 메모장으로 기록된다. 매일 그렇게 저장하다 보면 어느 순간 내가 들었던 음악의 플레이리스트가 작성된다. 나의 하루를 기록하는 다양한 방법 중의 하나다.

무생물에게 이름을 지어 주자

반려동물의 이름을 보면 함께 사는 사람의 스타일을 알 수 있다. 미미나 토토 같은 외국어 이름을 짓는 사람이 있는가 하면, 순심이나 명자 같은 구수한 토박이 이름을 짓는 사람도 있고, 반려동물을 처음 만났을 때의 상황을 빌려 와 휴지나 졸졸이로 짓는 사람도 있다. 우리의 이름은 자신이 직접 지은 게 아니라 부모님이나 누군가로부터 선물받은 것이 대부분이기 때문에 스타일을 알기는 힘들다.

살아 있는 생물뿐 아니라 무생물에게 이름을 지어 주기도 한다. 가장 대표적인 게 자동차인 것 같다. 늘 자신과 함께 움직이는 존재이다 보니 이름을 지어 주고 싶은 마음이 들게 된다. 2021년 아카데미 작품상을 받은 영화 〈노매드랜드〉는 차에서 생활하는 사람들을 다루고 있다. 사람들은 '홈리스'라고 부르지만 그들은 그 말에 동의하지 않는다. 자신들을 '하우스리스'라고 이야기한다. 그저 집이라는 물체를 소유하지 않을 뿐이라는 것이다. 자신의 차에다 이름을 붙이는 문화 역시 그래서 생겨난 것 같다. 밴(Van)을 타고 다니는 사람은 말 장난처럼 '선구자(Vanguard)'라는 이름을 차에다 붙여 주고, 어떤 사람은 자신의 밴이 '우중충한 삶에 색을 입혀 주는 역할을 한다'며 '페인트(Paint)'라는 이름을 붙여 주었다.

무생물에게 이름을 부여하는 순간, 의미가 생기고, 성격이 생기고, 숨결이 살아나게 된다. 우리가 어릴 때 가지고 놀았던 인형들 역시 그런 과정 속에서 생명을 얻지 않았던가. 인간들은 이름 짓기의 선수들이고, 이름 짓기를 통해 자신의 존재를 인정받는다. 인간이 찾아낸 모든 별들에 이름이 붙어 있다. 이름을 통해 우리는 소통한다. 내가 '장미'라고 말하는 순간, 읽는 당신은 실제 장미를 떠올리게 된다.

이름이 없는 내 주위의 어떤 사물에, 혹은 반려동물, 반려식물에게 이름을 지어 주자. 내가 어떤 사람인지 좀 더 알 수 있는 계기가 될 것이다.

무인도에 가져갈 책 한 권을 골라 보자

흔해 빠진 질문 리스트. (해맑은 아이에게)엄마가 좋아, 아빠가 좋아? (면접자에게)평소에 우리 회사를 어떻게 생각하셨습니까? (오랜만에 만난 사람에게)요즘 어떻게 지내셨어요? (회원 가입시)이용 약관, 개인 정보 수집 및 이용에 동의하십니까? (책을 좋아하는 사람에게)무인도에 책 한 권만 가져갈 수 있다면 어떤 책을 가져갈 겁니까?

일단, 나는 엄마가 좋다. 면접은 생애 딱 한 번밖에 보지 않았는데 저 질문은 받지 못했다. 요즘 어떻게 지내냐는 질문에는 솔직하게 대답하고 싶어서 요즘 뭐 하고 지내는지 오랫동안 생각하느라 제때에 답을 못하여 분위기가 머쓱해진 적이 몇 번 있다. "잘 지냈죠."라고 한 마디 하면 그만일 텐데, 내가 잘 지내고 있는지 아닌지 모르겠다. 이용 약관에 대해서는 불만이 많지만(좀 쉬운 말로 써 달라고요!) 동의하지 않으면 다음 단계로 넘어갈 수 없으니 '네'라고 중얼거리며 동의할 수밖에. 자, 이제 가장 중요한 질문이 남았다.

무인도라는 설정을 좋아해서 나는 저 질문을 받으면 늘 진심이 된다. 무인도에는 전기도 들어오지 않고, 타자기도 없으며, 텔레비전도 없고, 핸드폰이 있다고 해도 곧 충전하기 힘들어질 것이다. 와이파이나 LTE도 없다. 책 한 권을 읽으면서 남은 여생을 보내야 한다는 설정이다. 이 질문은 '당신이 구조될 수 있는 가능성은 없다'는 걸 전제로 하고 있는 듯하다. 나는 무인도 그늘에 혼자 누워서 망망대해를 바라본다. 그러다가 문득 생각났다는 듯 옆에 있는 책을 집어 든다. 그 책은 바로……, 이런 상상을 하라는 의미다. 내 선택은 빈 공책이다. 나는 내가 쓴 책을 읽을 것이다. 시간 보내기엔 그게 제일 낫다.

실제 이런 책이 출간됐다. 제목은 《무인도의 이상적 도서관》(프랑수아 아르마네, 문학수첩 2018). 프랑스의 저술가이자 영화감독이기도 한 프랑수아 아르마네가 세계적 소설가와 시인, 극작가들에게 '당신이 무인도에 갇히게 된다면 가져갈 책 세 권은 무엇입니까?'라고 물었고, 그 대답을 실은 책이다. 나와 가장 비슷한 답변을 한 사람은 움베르토 에코였다. "딱 잘라서, 전화번호부로 하겠다. 그 많은 이름을 보며 무한한 이야기를 쓸 수 있을 테니까."

지하철을 타고 맞은편에 앉은 사람의
신발을 관찰하자

지하철에서는 모두 핸드폰을 들여다보는 게 당연해졌다. 사람들이 꽉 차지 않은 한가한 오후의 지하철에서 문득 고개를 들어 보면 깜짝 놀라게 된다. 어떤 내용들을 읽고 있는 것일까. 표정이 다 다르고 몸동작이 제각각이지만 전부 고개를 숙인 채 가상 세계 속에 빠져 있다. 가상 세계란 대단한 기술이 필요한 게 아니다. 작은 화면과 몰입도 높은 콘텐츠만 있으면 사람들을 다른 세상으로 데려갈 수 있다.

지하철에 타면 사람들을 관찰한다. 사람들은 가상 세계에 갔기 때문에 지하철에는 영혼이 빠져나간 몸뚱이들만 앉아 있다. 관찰하기 딱 좋은 상태다. 사람들이 신은 신발을 주로 관찰한다. 운동화, 구두, 부츠, 슬리퍼 등 종류도 다양하고 브랜드도 다양하다. 한번은 정말 멋진 신발을 발견했는데 아무리 살펴봐도 브랜드를 알 길이 없어서 한참이나 고민했다. "저, 그 신발 어디서 구입했는지 여쭤봐도 될까요?"라고 하면 이상한 사람 취급할 것 같아서 끝내 참았다.

신발의 상태로 그 사람의 직업이나 마음의 상태를 추측해 보곤 한다. 한겨울에 샌들을 신은 사람은 신발을 잘못 고른 걸까, 땀이 많은 걸까? 생각은 꼬리에 꼬리를 물고, 상상은 점점 깊어진다. 진흙이 묻은 슬리퍼를 신은 남자를 봤을 때는 살인 사건이 등장하는 아주 긴 이야기를 상상하기도 했다. '진흙 묻은 슬리퍼'는 일상생활에서 쉽게 볼 수 있는 게 아니다. 그 사람은 실제로 대단한 일을 겪고 간신히 지하철에 올라탄 사람일지도 모른다.

나의 추측으로는 정답을 알 길이 없다. 그 사람에게 사연을 물어볼 수도 없고, 나의 추측을 근거로 그 사람을 경찰에 신고할 수도 없다.(양쪽에서 미친 사람 취급하겠지.) 추측은 대부분 틀릴 확률이 높다. 경험을 기반으로 추측이 완성되고, 상상이 가미되어 오해가 쌓일 것이다. 아무도 모르는 나만의 오해에서 새로운 이야기가 시작될 것이다.

잠들기 전에 하나의 순간을 떠올린 다음
그 뒷이야기를 해피엔딩으로 만들어 보자

사람들은 잠들기 전에 어떤 생각을 할까? 간헐적 불면증으로 고생하고 있기 때문에 다른 사람들의 잠드는 방법이 궁금할 때가 많다. 어떤 생각을 하면 잠이 잘 올까? 곧바로 잠들 수 있는 단추 같은 게 있으면 좋겠다는 생각도 한다. 전등 스위치를 내리듯 곧바로 잠들 수 있는 스위치가 있으면 얼마나 행복할까.

내게도 가끔씩 통하는 방법이 있다. 지금 쓰고 있는 소설의 다음 이야기를 구상하는 것이다. 현재 주인공이 처해 있는 상황을 떠올리고 어떤 일이 벌어질지 생각한다. 이런저런 상황을 떠올리다 나도 모르게 잠들 때가 있다. 가끔은 이야기 구상이 너무 잘 돼서 잠을 설치게 될 때도 있지만, 그러면 꽉 막혀 있던 소설의 다음 이야기가 풀리게 되는 거니까 잠을 못 자도 상관없다. 제일 좋지 않은 경우는 소설 뒷이야기도 생각나지 않고 잠도 오지 않을 때다.

잠들기 전에 접하는 이야기가 꿈에 나오는 경우가 많다. 영화 〈인사이드 아웃〉의 '꿈 제작소'처럼 뇌는 마지막 입력을 토대로 무의식을 첨가하여 꿈을 제작한다. 자기 전에 무서운 책을 읽지 않고, 무서운 영화도 보지 않는다. 가장 평화롭고 행복한 장면들을 떠올리려고 노력한다.

최근 들어서는 현실에서 불쾌했던 순간들을 재가공하는 재미를 느끼고 있다. 나를 기분 나쁘게 한 사람에게 말 한마디 못한 게 억울했다면, 잠자리로 '그 인간'을 불러내자. 우선 자신이 가장 통쾌해 할 시나리오를 만들어 둔다. 욕을 퍼부어도 좋고, 자신의 논리적인 반박에 그 인간이 말 한마디 못하고 움츠러드는 장면을 넣어도 좋겠다. 아니면 너그럽게 용서하는 내 모습에 감동을 받은 그 인간이 무릎을 꿇고 사과하는 장면은 어떨까. 이제 그 장면 속으로 들어가 보자. 현실의 경험은 짧게 재생하고, 내 시나리오대로 사람들이 움직이게 해 보자.

며칠 지나고 그때의 기억을 떠올리면 어떤 게 진실인지 헷갈릴 것이다. 모든 사건을 이렇게 조작한다면 문제가 있겠지만, 때로는 내가 상처받지 않을 수 있는, 나를 위한 스토리텔링도 필요한 법이다.

오늘 처음으로 만난 사물이나 생물이나 사람에 대해 적어 보자

한때 '올해의 인물상'이라는 걸 제정하여 시상을 한 적이 있다. 그해 처음 만난 사람 중에서 가장 인상적이었던 인물에게 주는 상이다. 기존에 알던 인물은 후보에서 제외되고, 새롭게 알게 된 사람에게만 자격이 부여된다. 내가 마련한 부상까지 수여했다. 수상자들은 좀 당황하거나 '뭐 이런 상이 다 있어'라는 표정으로 그냥 웃었다.

최근에는 이 상이 없어졌다. 새로 만나는 사람이 거의 없어졌기 때문이다. 새롭다는 기준이 모호해지면서 상을 폐지하기에 이르렀다. 새로운 사람을 많이 만나는 사람이라면, '올해의 인물상'을 만들어서 시상하기를 권하겠다. 아기자기하게 웃기고 재미있는 연말 결산 이벤트가 될 수 있다.

나는 사람 말고 다른 쪽으로 눈을 돌리기로 했다. 하루에 하나씩 새롭게 만나는 것을 적어 나가기로 했다. 오늘 처음 만나는 사물, 오늘 처음 만난 단어, 오늘 처음 만난 식물, 오늘 처음 만난 감정, 오늘 처음 만난 새……. 1년 동안 기록하면 365가지의 새로운 발견들을 기록하게 되는 셈이다.

영화 〈마틴 에덴〉의 주인공은 뒤늦게 문학에 빠져들어 시를 공부하는 남자 마틴 에덴이다. 그는 사랑하는 여자 엘레나처럼 생각하고 말하고 싶어서 공부를 시작하는데, 새로운 단어를 하나씩 알아 가면서 환희를 느낀다.

"새로운 단어들을 적어 두고 친구로 만들어요."

언어를 처음 알아갈 때 우리는 얼마나 설렜던가. 안개로 덮여 있던 세상이 조금씩 열리면서 우리의 눈이 얼마나 환해졌던가. 새로운 단어 친구들을 한꺼번에 많이 만나는 건 좀 부담스럽지만, 어제와 다른 '새로운' 세상을 느낄 수 있다는 것은 굉장한 축복일 것이다.

영화 〈내일의 기억〉에서는 알츠하이머에 걸린 주인공이 사람들의 이름을 잊지 않기 위해 명함에다 캐리커쳐를 그리는 장면이 나오는데, 병을 앓고 있지 않더라도 사람의 특징을 잘 기억할 수 있는 좋은 방법이다. 그림을 그렸는데 실제와 전혀 닮지 않았다면, 그건 좀 복잡한 문제가 되긴 하겠지만.

핸드폰에서 애플리케이션 하나를
다운로드 받아서 그 안에 담긴 내용들을
살살이 훑어보자

한때 애플리케이션 중독자였다. 앱스토어에서 하루에 하나씩 애플리케이션을 구매하는 것이 나의 취미였다. 비싼 건 사지 않았다. 대략 1,000원에서 2,000원 사이만 집중 공략했다. 그래야 부담 없으니까. 정식판을 잠깐 써볼 수 있는 체험판도 많이 이용했다. 하루 동안 애플리케이션을 이리저리 살펴보고 어떤 기능이 있는지 확인하고, 마음에 들지 않는 애플리케이션은 저녁에 삭제했다. '별 사치스러운 취미도 다 있네' 싶겠지만 하루에 1,500원씩, 한 달에 45,000원이 드는 비교적 저렴한 취미이자 공부다.

2,000원도 되지 않는 저렴한 애플리케이션이지만 누군가에게는 인생이 걸린 사업 아이템일 수도 있다. 오랫동안 개발

에 개발을 거듭하다 엄청난 돈을 대출 받아 시작하는 모험일지도 모른다. 나는 개발자의 의도를 헤아리며 꼼꼼하게 살펴보았다.

가장 많이 구입한 종류는 글쓰기 애플리케이션이었다. 간단한 메모장, 다른 기능을 모두 빼 버리고 오로지 글쓰기에만 집중할 수 있게 해 놓은 프로그램, 다양한 옵션이 있지만 정식 버전을 구입해야 모든 기능을 쓸 수 있는 것 등 대략 30여 가지를 구입해서 써 본 것 같다. 카메라와 카메라 필터 역시 많이 구입했다. 마인드맵 프로그램과 메일 프로그램도 많이 산 애플리케이션 종류였다.

완벽한 프로그램은 없었다. 가격 때문일 수도 있지만, 모든 프로그램은 장단점이 뚜렷했다. 어떤 시스템의 장단점을 생각해 보는 것은 많은 공부가 된다. 기능을 많이 넣으면 무조건 좋을 것 같지만, 프로그램이 쓸데없이 무거워지거나 디자인이 조잡해진다. 몇 가지 기능에만 집중해서 만들면 사용하는 재미가 반감된다. 그 사이 어딘가에 해답이 있을 것이다. 애플리케이션 장단점을 분석하다가 내 작업으로 돌아오면 마찬가지 고민이 반복된다. 그림을 그리거나 글쓰기를 할 때에도 장단점을 고민해 봐야 한다. 화려하면 쉽게 질리게 되고, 지나치게 단순하면 작품의 개성을 드러내기 힘들다. 그 사이 어딘가의 길을 찾는다는 건 늘 힘든 일이다.

누군가의 것을 따라서 흉내 내 보자

필사에 필사적으로 반대했다. 누군가의 글을 있는 그대로 베껴서 쓰는 걸 '필사'라고 부르는데 인쇄술이 발명되기 이전에야 중요한 독서 행위라고 할 수 있었지만, 전자책이 난무하는 지금에 어울리지 않는 방법이라 생각했다. 요즘은 생각이 바뀌었다. 말릴 것까지는 없겠다. 자신만의 글쓰기 스타일을 확립하는 데 그리 큰 도움이 되지 않는다는 생각에는 변함이 없지만 아무 생각 없이 무언가에 집중할 수 있다는 게 좋을 수 있다. 핸드폰 터치 말고는 손을 잘 쓰지 않는 시대에 필사만이 줄 수 있는 육체적 자극이 있을 것이다.

필사에 비해 '흉내 내기'는 저평가 받고 있다는 생각이 든다. 누군가의 것을 따라해 보는 것은 모든 예술가들의 출발점이

나 마찬가지인데, 그런 과정이 있다는 것에 대해 쉬쉬하는 분위기다. 창의력은 타고나는 것이고, 시작할 때부터 독창적이었다는 듯이 예술가들을 포장한다. 자신에게 씌운 그런 포장을 벗겨 내고, '나는 어릴 때 ○○○을 흉내 내면서 시작했어요.'라는 말을 하기가 쉽지 않다.

표절은 심각한 도둑질이지만 흉내 내기는 중요한 예술 행위다. 표절은 상대의 예술적 성취를 내 것인 양 거드름을 떠는 것이고, 흉내 내기는 누군가의 예술적 완성도에 대한 경외에서 출발한다. 표절은 결과만 중요하게 생각하고 과정을 무시하는 행위지만 흉내 내기는 결과를 포기하고 과정에 집중해 보는 연습이다.

피카소의 그림을 흉내 내 보자. 밥 딜런의 노래를 흉내 내며 따라 불러 보자. 박경리처럼 소설을 써 보자. 도달하기 힘든 경지이지만 어떤 방향으로 가야 할지는 어렴풋하게 알게 된다. 내가 어떤 것을 좋아하고 어떤 과정을 힘들어하는지, 어떤 기법은 나도 모르게 잘 되고, 내가 절대 할 수 없는 것이 무엇인지 알게 된다.

흉내 내기를 하다가 자기 비하로 빠지면 안 된다. 대가의 작품에 비해 나의 작품은 초라하기 짝이 없다. 그럴 때 표절의 유혹을 느낄 수도 있다. 흉내 내기를 하는 이유는 내가 누구인지 더 잘 알기 위해서이지, 내가 더 잘하는 사람인 것처럼 포장하기 위해서가 아니다.

집 안에 핸드폰 금지 구역을 만들어 보자

기술적으로 가능하다면 핸드폰 신호가 잡히지 않는 장소를 집 안에 만들고 싶다. 그 방에 들어가고 싶으면 핸드폰을 두고 가게 될 것이다. 어차피 들고 들어가 봤자 쓸데가 없으니까. 핸드폰 신호도 잡히지 않고, 다른 사람의 방해도 없는 공간이 있으면 집중하기 무척 좋겠다는 생각이 들었다. 화장실과 침실을 핸드폰 금지 구역으로 만든 적이 있다. 침실의 충전기를 없애고 화장실에 책을 갖다 두었더니 확실히 핸드폰 사용량이 줄었다. 핸드폰은 힘이 무척 강해서 얼마 지나지 않아 금지 구역을 파괴해 버렸다. 나의 의지란 참 보잘것없다. 그래도 다시 시도해 보고 싶다. 집 안에 전파가 닿지 않는 무인도를 만들 것이다.

크기를 다르게 상상해 보자

때로는 사이즈만 달라졌는데도 모든 것이 달라 보이는 때가
있다. 공룡보다 큰 개미, 집보다 큰 선풍기, 손가락만한 공룡.
조지아 오키프는 일부러 꽃을 크게 그렸다. 사이즈가 달라지
면 일상이 비일상으로 변하고, 익숙하던 것이 낯설게 바뀐다.

만화를 보면서 다음 페이지에 있는 내용을 미리 상상해 보자

어린 시절에 만화에 깊이 빠지는 이유는 무엇일까? 활자가 적고 그림이 많다는 이유도 있겠지만 장면의 전환이 빠르다는 것도 중요한 이유일 것이다. 소설 속의 길고 긴 묘사를, 만화는 단 한순간의 그림으로 표현한다. 무척 부러운 방법이 아닐 수 없다. 만화를 보통 '칸의 미학'이라 부른다. 한 칸 한 칸 장면이 전환될 때마다 새로운 이야기가 펼쳐진다. 때로는 다음 칸을 보지 않고 상상해 보는 것도 재미있다. 내가 만화가라면 다음 장면을 어떻게 구성할 것인가? 다음 장의 첫 번째 그림은 무엇일까? 상상만으로도 재미있고, 직접 그려 보면 더 재미있다.

바보 멍청이가 되어 보자

김태용 감독의 영화 〈가족의 탄생〉에 등장하는 경석(봉태규)
은 여자 친구 채연(정유미)에게 불만이 많다. 채연은 주변 사
람들에게 관심이 많고, 사람들을 잘 믿으며, 많은 사람을 챙
긴다. 경석은 그런 채연이 못마땅하다. 경석이 이렇게 항의
한다. "나한테 집중 좀 해 주면 안 되냐?⋯⋯ 사람들이 너 좋
아하는 거 아니야. 너 이용하는 거야. 너 너무 헤퍼." 많은 시
간이 흐른 후에야 채연이 경석에게 이렇게 반문한다. "헤픈
게 나쁜 거야?" 경석은 답을 하지 않고, 영화도 답을 해 주지
않는다. 헤픈 게 나쁜 건지 살펴보자.

'헤프다'는 말을 많은 사람이 경멸의 의미로 쓰고 있다. 우리
는 감정을 아끼고 조절하라고 배웠지만, 어떤 사람들은 그걸

113

분출하고 살아야 한다. 마음이 가는 대로 베풀고 자신을 내어 주고 타인의 작은 감정에 몰입하고 잘 알지 못하는 사람의 슬픔에 깊이 공감한다. '헤프다'라는 말을 사전에서 찾아보면 예시로 나온 문장이 '울음이 헤프다'이다. '헤픈 울음'이라는 말이 가당키나 한가. 눈물은 그저 쏟아지는 것 아닌가?

착하면 바보 취급받는다는 말을 자주 듣는다. 서울은 '눈 감으면 코 베어 가는 곳'이라는 속담도 그런 뜻이다. 정신 차리지 않으면, 자신의 이익을 추구하지 않으면 이용당한다는 얘기다. 경석이 채연에게 한 말도 마찬가지다. 네가 착하니까 사람들이 이용해 먹는다는 얘기다. 채연의 말을 빌려 다시 이렇게 묻고 싶다. "착한 게 나쁜 거야?"

정신 똑바로 차리고 이 세상을 살아가야 한다는 말은, 대체로 맞는 말이다. 그렇지만 매일 그렇게 사는 것은 피곤한 일이기도 하다. 호의 가득한 제안을 받아도 '저의'를 먼저 의심해야 하고, 다른 꿍꿍이가 없는지 확인해 봐야 하는 삶은 얼마나 팍팍한가. 우리가 누군가에게 호의를 베풀려고 할 때 그 어떤 대가도 바라지 않듯 누군가 나에게 그럴 수도 있다는 사실을 우리는 왜 믿지 못할까?

한 달에 하루쯤, 아니 그게 힘들면 일 년에 하루쯤 바보 멍청이가 되어 보는 것은 어떨까? 텔레비전 뉴스에 나오는 믿지 못할 만큼 잔혹한 뉴스를 보면서 '우리 사회가 어쩌다 이렇게 됐을까?' 우울 가득한 탄식을 하는 대신, 날카로운 눈으로 세상을 비판하는 대신, 그저 주변 사람들에게 이용당하고 바보처럼 뭔가 베풀려고 노력하고, 시장에서는 "밑지고 파는 거예요."라는 상인의 말을 그대로 믿어 보자. 우리가 알던 세상이 아닌 다른 세상이 펼쳐질 것이다.

과격한 문장을 하나 쓰고,
그 문장을 수습해 보자

아이디어는 작은 걸 여러 개 붙여서 크게 만드는 과정일까, 커다란 덩어리를 깎아서 작게 만드는 과정일까. 소조(塑造)에 가까울까, 조각(彫刻)에 가까울까. 당연히 하나의 아이디어가 완성되는 과정은 매번 다를 수밖에 없겠지만 확률적으로 어느 쪽이 더 많을까. 답을 찾기 위해 오랫동안 내 머릿속을 관찰했지만 여전히 잘 알지 못하겠다.

나의 경험을 정리해 보겠다. 평소에는 작은 조각들을 많이 모아 둔다. 그 조각들을 이어 붙일 생각을 하지 않고 그냥 방치해 둔다. 머릿속에 커다란 창고를 하나 만든 다음 거기에다 넣어 둔다. 앞으로 쓸 생각인지 아닌지 고려하지 않고 일단 창고에 넣어 둔다. 현실의 집은 공간이 한정적이어서 정리를 해 주지 않으면 쓰레기장으로 바뀔 확률이 높지만 머릿속 공간은 그렇지 않다. 복잡하면 복잡할수록 더 좋다. 주기적으로 생각을 정리해야 한다고 주장하는 분들도 있던데 내 경우에는 반대였다. 정리보다는 방치가 나았다.

구체적인 아이디어를 내야 하는 순간, 혹은 마감이 코앞에 닥쳤을 때, 그 조각들을 늘어 놓은 다음 머릿속에 든 가장 과격한 생각을 끄집어낸다. 소설로 예를 들자면, 도저히 감당할 수 없을 것 같은 문장으로 이야기를 시작한다. 이런 문장을 떠올려 보자.

내가 그 남자를 죽인 건 1년 전이었다.

과격하다. 시작부터 살인이다. 심지어 1인칭 주인공 시점이다. 내가 죽인 것이다. 게다가 시점은 1년 전이다. 1년 동안 무슨 일이 있었지? 그 남자를 왜 죽였지? 나는 사람을 처음 죽인 것인가? 1년 동안 회개하였나, 아니면 더 많은 살인을 하였나?

이런 의문들이 줄지어 나올 수밖에 없다. 강력한 첫 번째 덩

어리를 해결하기 위해 그동안 모아 놓은 조각들을 갖다 붙여야 한다. 빈틈을 메워 줄 수 있는 조각, 말이 되는 조각, 그럴듯한 조각, 아름다운 조각을 갖다 붙인다. 어디선가 들었던 우화일 수도 있고, 누군가에게 들었던 사연일 수도 있고, 하나의 단어일 수도 있다. 시간이 흘러 조각들이 화합을 이룰 때쯤 돌아보면 첫 문장의 강렬함은 조금 깎여 나갔을 것이다. 말도 안 되는 문장이 말이 되기 시작했기 때문이다. 소조를 했는데, 조각이 되어 있는 과정. 내가 겪은 아이디어 만들기의 핵심이었다.

잘 알고 있는 속담을 비틀어 보자

'침묵은 금'일까? 정말 그럴까? 열심히 말해 봤자 은메달밖에 딸 수 없고, 조용히 있어야 금메달을 차지할 수 있는 걸까? 오랜 시간 동안 전해 내려온 속담은 때때로 폭력적이다. 어린 시절부터 그 말을 자주 들었다. "얘야, 웅변은 은이고 침묵은 금이란다." 조용히 있으란 얘기로 들렸다. '나서지 말고, 묵묵히 네 할 일이나 하라'는 말로 들렸다. 친구들에게 약간의 과장을 보태 재미있는 이야기를 해 줄 때면 그 말이 늘 마음에 걸렸다.

언젠가부터 속담에 대항할 배짱이 생겼다. '될성부른 나무는 떡잎부터 알아본다'고? 나는 언젠가부터 떡잎의 기준을 믿지 않게 됐다. '모난 돌이 정 맞는다'고? 둥근 돌보다 모난 돌의 불규칙한 아름다움을 더욱 좋아하게 됐다. 속담의 뜻이 내가 생각하는 것보다 훨씬 깊더라도 오해의 소지가 있는 말들에 반항하고 싶다. 될성부르지 않은 나무는 잘 키워 주면 된다. 모난 돌은 따로 모아 두면 쓸 일이 많다. 침묵은 금이지만, 말하는 것도 금이다. 때로는 말해야 하고, 때로는 침묵할 줄 알아야 한다.

'어른 말을 들으면 자다가도 떡이 생긴다'는 말은 분명히 어른들이 만들어 낸 말일 것이다. '장고 끝에 악수 둔다'는 말은 상대가 빠른 시간 안에 잘못된 결단을 내려야 자신의 이익이 극대화된다고 생각하는 사람이 널리 퍼뜨렸을 것이다.

어른들은 경험을 많이 했지만 내가 할 법한 경험을 대신 한 사람은 아니다. 내 삶을 미리 살아 본 사람이 아니니 그 판단이 옳으리라는 보장은 없다. 그저 좋은 참고가 될 뿐이다. 어떤 떡은 배가 든든해지지만 어떤 떡은 목에 막혀 목숨이 위태로워질 수도 있다. 장고 끝에 두 손을 맞잡으며 악수하는 사람들도 있을 것이다. 오래 생각하고 이것저것 살펴보고 나서야 진짜 악수를 할 수 있는 사업도 많을 것이다.

'열 번 찍어 안 넘어가는 나무 없다'는 말은 나무에게도 해당

사항 없는 말이지만, 인간에게 사용할 때는 치명적인 발언이 될 수 있다. 도끼로 열 번 찍어도 안 넘어가는 나무가 세상에는 너무나 많고, 상대방이 싫어하는 게 분명한데도 열 번이나 호감을 표시하는 것은 분명한 폭력이다.

가장 자주 들었던 속담을 면밀히 살펴보자. 옳은 말인지, 반박할 여지는 없는지, 그 속담을 믿는 게 좋은지, 의심해 보자.

집 안에 나만의 비밀 공간을 만들어 보자

호텔에 가면 테이블이나 의자의 위치를 바꿀 때가 많다. 내가 편하게 쓸 수 있는 위치로 옮겨야 한다. 외국에서는 침대의 위치를 바꿀 때도 있었다. 침대 밑에서 요상한 물체들이나 먼지가 자주 출몰하므로 주의를 요한다. 침대를 옮기고 나면 청소를 해야 할 때가 많다. 왜 그렇게 피곤하게 사는지 나도 잘 모르겠다.

아지트가 필요한 모양이다. 어렸을 때도 나만의 아지트 꾸미기에 심취했다. 내 방이 없었으니 집 곳곳에 아지트를 꾸몄다. 안방 구석에도 내 물건을 몰래 갖다 놓고 마당 한 귀퉁이 토끼장 옆에도 나만의 비밀 공간 표시를 해 두었다. 명절 때 고향 집에 내려가면 내 방을 예전과 비슷하게 꾸민다. 커다란 상 위에다 노트북 자리를 잡고, 메모를 할 수 있는 노트를 펼친다. 아무리 낯선 곳에 가더라도 내 식으로 공간을 꾸미는 순간, 마음이 편안해진다.

대부분의 작가들이 비좁고 구석지고 격리된 공간을 좋아한다. 세상과 마주하고 쓰기보다는 세상을 등지고 쓰는 쪽을 선호한다. 햇살 가득한 나폴리 4부작의 작가 엘레나 페란테조차 '약간 구석진 어딘가에 있는 아주 좁은 공간'을 좋아한다고 밝혔다.

나만의 아지트를 만드는 것은 아주 간단하다. 작은 상을 준비하고 그걸 원하는 자리에 펼친다. 그 위에다 내가 아끼는 물건들을 올려 두면 그만이다. 노트북일 수도 있고, 펜일 수도 있다. 아파트 베란다도 괜찮고, 식탁의 한쪽도 좋다. 커튼봉과 커튼을 이용하는 것도 방법이다. 공간을 분할하는 데는 커튼만큼 좋은 게 없다. 커튼으로 어둑어둑한 공간을 만든 다음 그 안으로 들어가 보면 나만의 비밀스러운 장소로 느껴질 것이다.

코로나 때문에 집 안 꾸미기와 집 정리하기와 리뉴얼하는 것에 심취한 사람들이 많은데, 집 안을 정리하기보다 이렇게

나누고 어지럽히고 쌓아 두는 쪽이 창의력에는 훨씬 도움이

된다고 생각한다.

날마다 하늘 사진을 찍어 보자

카카오에서 진행하는 '카카오100 프로젝트'에 동참한 적이 있다. 100일 동안 똑같은 일을 반복하는 '리추얼 프로그램'인데, 처음에는 내가 할 수 있는 일이 있을까 싶었다. 리스트를 봤더니 대단한 프로젝트가 많았다. 매일 외국어 단어를 공부한다든지 새로운 음악을 들어 본다든지 새로운 어딘가를 찾아간다든지…….

내가 매일 하는 일이라곤 책 읽기와 사진 찍기밖에 없는데……, 생각해 보니 하나 더 있었다. 매일 1초씩 영상을 찍어서 1년을 365초로 편집하는 일을 지금 8년째 하고 있다. 끈기가 부족한 사람치곤 꽤 성실하게 해 오는 일 중 하나다.

'매일 하늘을 영상으로 찍어 올리기'를 하고 싶었는데 영상은 업로드가 불가능했다. 사진으로 바꾸기로 했다. 하루에 하늘 사진 한 장을 찍어서 업로드하기. 간단한 일이었는데 마음처럼 쉽지 않았다. 하루는 얼마나 빨리 지나가는지 정신 차리고 보면 깜깜한 하늘밖에 보이지 않는 날들이 많았다. 99명의 참가자들도 비슷했다. 100일 동안 하루도 빼먹지 않고 사진을 올린 사람은 많지 않았다. 나 역시 개근하지 못했다.

100일 동안 같은 일을 하다 보면 사람이 바뀌게 된다는 사실을 알게 됐다. '아, 오늘 하늘 사진 올려야지.' '오늘은 어디 가서 하늘 사진을 찍지?' '매일 똑같은 곳에서 찍으니 재미가 없잖아.' '와, 오늘은 진짜 역대급 하늘이다.' '오늘은 날씨가 왜 이래? 하늘 사진 찍어야 하는데.' 같은 다양한 생각들이 끼어들었고, 나도 모르게 하늘을 자주 보게 되었다. 하늘을 자주 본다는 것은 땅을 덜 보게 된다는 뜻이고, 멍하니 생각을 비우는 시간이 많아진다는 뜻이고, 하늘에서 날아다니는 새들에게 관심을 가지게 된다는 뜻이고, 하늘의 변화에 민감해진다는 뜻이었다. 매일 시선을 조금 바꾸는 것만으로도 엄청난 변화가 일어났다.

지금도 아름다운 하늘을 보다가 깜짝 놀랄 때가 있다. '앗, 오늘 하늘 사진 올렸던가?' 오래전 일인데도 몸은 100일 동안의 반복을 기억하고 있었다.

오늘 내가 한 실수를 적어 보자

시니컬한 사람보다는 긍정적인 사람을 점점 좋아하게 되는 것 같다. 매사에 부정적이고 비판적인 사람과 함께 있으면 얼마나 기운이 빠지는지 모른다. 세상의 모든 이치를 다 아는 것처럼 비판적으로 주절대는 사람을 만나면, 최대한 빨리 도망치려고 노력한다. 나 역시 그런 사람이 되지 않기 위해 노력한다. 둘 다 쉽지 않다.

누군가의 뒷담화를 할 때도 그 사람의 나쁜 점보다는 좋은 점을 조용히 일러바치려고 노력한다. 물론 재수 없는 인간들의 약점을 공유할 때 느끼는 쾌감 같은 것도 놓칠 수 없는 재미이긴 한데, 험담을 하고 나면 집에 돌아올 때 기분이 개운치 않다. 누군가의 장점을 약점 말하듯 이야기해 보면 어떨까. "걔는 진짜 이상하지 않아? 지난번에 일 끝나고 사람들 몰래 챙겨 주는 모습 봤는데, 말도 안 되게 착해. 쉿, 조용히 말해, 누가 듣겠어."(써 놓고 보니 좀 비현실적이긴 하네.)

내가 아는 긍정 캐릭터 중에 가장 매력적인 '빨간 머리 앤'은 인생의 쓰디쓴 맛을 다 경험했는데도 그토록 밝을 수 있다는 게 경이롭다. 앤이 마릴라 아주머니와 나누는 대화 중에서 '실수'에 대한 게 있다.

"마릴라 아주머니, 내일은 아무런 실수도 저지르지 않은 새 날이라고 생각하니 기쁘지 않으세요?"

해맑은 빨간 머리 앤이 말했다.

"넌 분명히 내일도 실수를 많이 저지를 거야. 너 같은 실수투 성이는 본 적이 없으니까, 앤."

역시 비관적인 마릴라 아주머니.

"맞아요. 저도 잘 알아요. 하지만 좋은 점도 있다는 거 아세 요, 마릴라 아주머니? 전 절대 같은 실수는 하지 않아요."

"그 대신 날마다 새로운 실수를 저지르는데, 뭐가 좋은 점이 라는 거냐?"

실수도 창의적으로 하는 빨간 머리 앤.

"어머, 모르세요, 아주머니? 한 사람이 저지를 수 있는 실수에는 틀림없이 한계가 있다고요. 제가 그 한계까지 간다면 더 이상 실수할 일은 없을 거예요. 그렇게 생각하면 정말 마음이 놓여요."

세상에, 이런 통찰이라니……, 그렇다. 분명 우리에겐 실수의 한계가 있을 것이다. 오늘 하나의 실수를 하더라도 기죽지 말자. 대신 오늘 했던 실수를 종이에 꼼꼼하게 적어 보자. 같은 실수를 반복하지 않도록.

'하기 싫지만 억지로 하고 있는 일의 리스트'를 만들어 보자

'버킷리스트'라는 말이 한동안 유행했다. 요즘은 좀 누그러든 것 같다. 잭 니콜슨 주연의 영화 〈버킷리스트: 죽기 전에 꼭 하고 싶은 것들〉이 개봉한 것이 2007년, 그때 버킷리스트라는 말을 들을 때마다 나는 좀 무서웠다. 자살할 때 목에 밧줄을 감은 다음 발밑의 양동이를 차 버리던 중세 시대에서 비롯된 말인데, 그 단어를 들을 때마다 양동이를 차는 누군가가 떠올랐다. 그만큼 절박한 말처럼 들리기도 했다. 국립국어원에서는 '소망 목록'이라는 담백한 단어로 순화하기를 원하지만 죽음을 앞둔 자의 절박함이 전해지지 않는다.

사람들은 버킷의 의미까지는 생각하지 않는 것 같다. 그냥 해 보고 싶은 일의 리스트 만들기쯤으로 여기는 것 같다. 나도 한번 해 본 적이 있는데 생각보다 적을 게 별로 없었다. 사소한 걸 적으면 되는데, 죽기 전에 반드시 해야 할 일이라고 생각하니 더 떠오르지 않았던 것일지도 모르겠다.

버킷리스트 쓰기는 자신 없지만 리스트 만들기는 잘한다. 아이폰의 '미리 알림' 애플리케이션에다 계속 해야 할 일을 적고, 일이 끝나면 완료 버튼을 누른다. 써야 할 글의 전체 맥락을 잡기 위해 리스트를 만들기도 한다. 여행 가기 전에 챙겨야 할 물건 리스트는 당연하고, 읽어야 할 책 리스트, 봐야 할 영화 리스트, 자주 사는 음식 재료 리스트 등 매사에 리스트로 움직인다고 해도 과한 말이 아니다. 그중에서도 많은 사람에게 추천하고 싶은 리스트가 '하기 싫지만 억지로 하고 있는 일의 리스트'다.

내 욕망의 밑바닥이 드러나는 일이기 때문에 '하기 싫지만 억지로 하고 있는 일의 리스트'에 어떤 항목이 들어 있는지는 절대 밝힐 수 없지만 생각보다 나를 더 잘 알 수 있는 좋은 방법이다. 돈과 관계와 윤리와 처지와 비난을 모두 벗어 던지고, 진짜 내가 하기 싫은 일이 무엇인지 하나씩 적어 보자.

라디오를 들어 보자

라디오는 식물 같다. 영상이 어디든 나를 쫓아오는 강아지 같다면, 라디오는 그 자리에서 움직이지 않고 가만히 서 있는 느티나무다. 한참 라디오를 듣지 못하고 바쁘게 지내다가 문득 생각이 나서 켜 보면, 한결같이 그 자리에 있다. 중학교 때는 번듯한 레코드 가게 하나 없는 지방에 사는 서러움을 달래기 위해, 고등학교 때는 심야 라디오에서 새로운 곡을 알아 가는 재미 때문에, 군대에 있을 때는 사람들을 그리워하며 라디오를 들었다.

요즘에는 아침 방송을 들을 때도 있다. 많은 사람이 여전히 라디오에 사연을 보낸다. 수십 년 동안 아침 방송 DJ를 하고 있는 양희은 씨는 《그러라 그래》(양희은, 김영사 2021)에서 수많은 사연이 자신을 키웠다고 이야기했다. 나 역시 가끔 들을 때마다 사람들의 글솜씨에 놀라고, 참으로 절절한 사연 때문에 먹먹해지곤 한다.

"종이책이 사라지지 않을까요?"라고 물어보는 사람들에게 "절대 사라지지 않을 겁니다. 제가 계속 출간할 거니까요."라고 답하는데, "라디오가 사라지지 않을까요?"라고 물어본다면, "대형 방송국의 라디오는 사라질지 모르지만 라디오 비슷한 것은 절대 사라지지 않을 겁니다."라고 대답하고 싶다. 사람들은 보는 대신 듣고 싶어 한다. 눈으로는 책을 읽으면서 귀로는 음악이나 사람들의 말을 듣고 싶어 한다.

라디오를 듣고 있으면 여전히 비밀 조직의 일원이 된 것 같다. 어린 시절 〈볼륨을 높여라〉라는 영화에 등장하는 해적 방송 DJ를 흠모했는데(크리스찬 슬레이터가 주인공이었다.) 지금도 그런 DJ가 되고 싶은 꿈이 있다. 데뷔 소설인 〈펭귄 뉴스〉의 주요 모티프도 라디오였다.

요즘 잊고 지냈다면, 라디오를 들어보길 바란다. 거기에는 여전히 사연을 보내고, 읽고, 말하고, 소통하는 사람들이 있다. 오전에는 다양한 방송에서 사연을 들으며 웃을 수 있고, 오후에는 클래식 음악으로 평화로움을 만끽할 수 있고(KBS 클래식 FM의 〈명연주 명음반〉 사랑합니다.), 저녁 어스름에는 변함없는 〈배철수의 음악캠프〉가 있다.

내가 좋아하는 상품의 광고 문구를
작성해 보자

좋아하는 인터넷 쇼핑몰에 매일 들어가서 상품을 관찰한다. 오늘은 또 어떤 신제품이 나왔나 살펴보는 것만으로도 공부가 될 때가 있다. 상품을 파는 사람들의 입장이 되어 본다. 자신이 개발한 상품을 최대한 많이 팔아야 하는 입장이니 모든 아이디어를 총동원해서 상품 소개 페이지를 쓸 것이다. 장점은 부각시키고 단점은 최소화하고, 이 제품이 왜 필요한지에 대하여 스쳐 지나가는 사람들을 설득해야 한다.

이 글을 쓰고 있는 날의 아침에 본 상품은 '만능 지렛대'다. 가구 옮기기가 취미인 사람으로서 무거운 물건을 쉽게 들어 올릴 수 있다면 좋겠다는 생각을 자주 했다. 그런 나에게 딱 맞는 물건이지만 만드는 사람들이 얼마나 정성을 쏟았는지 확인해 봐야 한다. 홍보 페이지에는 이렇게 적혀 있었다. '힘과 시간 모두 절약할 수 있는, 무거운 물건 옮겨 주는 만능 지렛대'. 시간을 절약할 필요는 없지만 힘은 좀 모자라는 느낌이 있으니, 나에게도 구매 의욕을 불러일으키는 물건이다. 부가 기능으로는 '미끄럼 방지'(그래, 미끄러지면 크게 다치지.) '무거운 하중 버팀'(튼튼한 게 중요하고.) '이탈 방지'(잘 버텨 준단 얘기겠지.) '유연한 회전'(짐 옮길 때는 회전이 정말 중요하다.) 등이 있다. 그 아래에는 두 사람이 힘들게 냉장고를 옮기는 장면이 있고, 이런 식으로 물건을 옮기지 말라는 메시지도 적혀 있다.

이제 내가 이 회사의 홍보 담당자였으면 어떻게 했을까 생각해 본다. 나는 대체로 두꺼운 이불을 깔고 큰 물건들을 옮기는데, 그 이유는 바닥에 흠집 나는 걸 피하기 위해서다. '무거운 물건 옮겨 주는 만능 지렛대' 아래에다 '혼자서도 무거운 가구 옮기기 끝' 혹은 '무거운 가구 옮기다 바닥을 긁어 본 경험, 모두 한 번쯤 있죠?' 같은 카피를 추가하면 어떨까?

이름에 대해서도 다시 한번 고민해 보자. '만능 지렛대'라는 단어에서는 지렛대 역할 말고 다른 일을 더 할 수 있을 것 같은 의미가 느껴진다. 최소한 지렛대로 골프를 칠 수 있거나, 지팡이 역할을 하거나, 겨울에 썰매 대용으로도 쓸 수 있다거나 하는 기능이 있어야 '만능'이라는 단어를 붙일 수 있는 것 아닐까? '강력 지렛대', '유연 지렛대', '손쉬운 지렛대'와 같은 표현이 정확한 것 아닐까? 이런 생각을 하다 보면 시간이 금방 지나간다. 언젠가 내가 물건을 발명하고 그걸 팔게 되는 날이 온다면 홍보 페이지 하나는 근사하게 만들 수 있을 것 같다.

연을 날려 보자

풍선을 날리는 건 보기 좋아서다. 하늘 높이 색색의 풍선이 날아가는 모습을 보는 것만으로 마음이 아련해진다. 그렇다면 그 풍선들은 다 어디로 갈까?

야생 동물들은 바람 빠진 풍선을 먹이로 착각하고 먹었다가 기도가 막혀 숨질 수 있다. 바다에 빠진 풍선 때문에 수많은 바닷새가 목숨을 잃고 있다. 1986년 미국 클리블랜드에서는 풍선 150만 개 날리기 이벤트를 했다가 선박 프로펠러에 풍선이 엉키는 사고가 발생해 2명이 죽었다. 최근에는 생분해되는 친환경 풍선이 개발되기도 했다.

풍선보다 연날리기가 마음에 든다. 연날리기는 시간이 꽤 걸리는 놀이다. 우선 연을 직접 만들어야 한다. 종이에다 살을 붙이고 균형을 맞춰서 실을 매달아야 하늘 높이 날아오르는 연을 만들 수 있다. 연을 띄우려면 끈을 잡고 달려야 한다. 바람을 이용해야 하고 연과 밀당을 할 줄 알아야 한다. 공장에서 만든 연을 살 수도 있지만, 직접 만들면 재미가 배가 된다.

세상에 전혀 쓸모없어 보이는 발명품을 만들어 보자

두 손가락으로 핸드폰의 화면을 넓게 벌리는 시늉을 하면 실제로 화면이 커진다. 사진이 크게 확대되고 지도가 자세하게 보인다. 이른바 '핀치 투 줌'이라는 기술이다. 지금은 모든 사람이 자연스럽게 쓰고 있고, 심지어 화면이 아닌 곳에서도 두 손가락을 넓게 벌리는 사람들을 심심찮게 볼 수 있다. 심심찮게 내가 그런다. 와인병을 들여다보다가 상세 정보가 잘 보이지 않으면 두 손가락을 갖다 대고 벌린다. 옛날에 찍은 종이 사진을 들여다보다가도 손가락을 갖다 댄다. 순간, 민망해진다. 아날로그와 디지털 사이 어딘가에서 길을 잃고 헤매고 있다.

핀치 투 줌 기술을 발명한 사람은 애플도 아니고 삼성도 아니고 '대니 힐리스'라는 사람이다. 그는 이 기술이 모든 인류가 함께 사용해야 할 기술이라 생각해서 독점 기술 등록을 하지 않았다. 발명에 대한 그의 철학도 놀랍다. 1만 명이 아이디어를 내고, 1천 명이 실제로 만들어 보고, 그중 100명 정도가 거의 성공할 뻔하고, 10명이 실제로 만들어 내고, 그중 한 명만이 그 기술을 세상에 퍼뜨리고, 그 사람을 우리는 발명가라고 부른다는 것이다. 대니 힐리스는 진짜 발명가였다. 그렇다면 9,999명은 헛짓을 한 것일까? 그렇지 않을 것이다. 뭔가 만들어 내려고 노력하는 인간들의 마음이 모이고, 실패가 쌓이고, 성공에 가까워진 사람들이 서로 도와주면서 마지막 한 명이 발명가가 될 것이다. 현실에서 불편한 점을 '인지'하고, 더 나은 방향이 없을지 '모색'하는 것 자체가 '발명'이라면 우리는 알게 모르게 매일 발명을 하고 있는 셈이다.

나도 한때는 발명가를 꿈꿨다. 내가 발명하려고 했던 것들은, 폭탄 대신 옥수수를 싣고 가서 가난한 사람들에게 팝콘비를 내려 주는 미사일이라든가 죄를 지었다고 생각하는 사람들이 자신의 죄를 고백하면 어느 정도의 죄인지 알려 주는 인공 지능 무인 고해 성사실이라든가 가정용 돈세탁기라든가 페달을 밟아야만 움직이는 엘리베이터라든가……, 쓸모없어 보이는 발명품을 만들다 보면 우리 가까이에 있는 물건들의 용도를 좀 더 깊이 생각하게 된다.

마음에 드는 단어 하나를 선택하고, 그 단어가 들어가는 문장을 하루 종일 생각해 보자

(의식의 흐름으로 쓰여진 글이니 논리적인 비약이 있을 수 있습니다.)

오늘은 어떤 단어로 해 볼까. 눈을 들어 책장을 보니《소설가의 각오》(문학동네 1999)라는 마루야마 겐지의 산문집이 보인다. '각오'라는 단어를 하루 종일 굴려 보도록 해야겠다. 우선, '각오'라는 단어를 살펴보자. '각'에는 정말 각이 많다. 기역이 두 개나 있어서 융통성이 없어 보인다. 각이 살아 있다. '오'는 감탄사로도 쓰이고 숫자 5의 뜻도 있고, 고개를 살짝 돌리면 '어'가 되기도 한다. '각오'는 무슨 뜻일까? 사전을 찾아보자. '앞으로 해야 할 일이나 겪을 일에 대한 마음의 준비'를 말한다. 두 번째 의미로는 '도리를 깨쳐 안다'는 뜻도 있다. 깨우칠 각, 깨우칠 오. 둘 다 깨우친다는 뜻인데, 어째서 마음의 준비를 한다는 뜻의 단어가 되었을까.

'각오를 다진다'는 표현을 쓴다. '다진다'라는 표현을 보면 마늘을 다지거나 커피를 탬핑하는 모습이 떠오른다. 마늘을 다지는 것처럼 각오를 잘게 자르면 어떻게 될까? 커피를 탬핑하는 것은 저항력을 만들어 뜨거운 증기가 커피를 밀고 나갈 수 있게 하는 것이다. 커피를 탬핑하듯 각오를 탬핑하면 어떻게 될까?

나는 각오를 다졌다. 거대한 각오, 무시무시한 각오가 있었는데, 그걸 잘게 부수고 쪼갰더니 작은 각오가 되었다. 마늘을 다지듯 각오를 다졌더니, 어디에나 쉽게 넣을 수 있게 되었다. 큰 각오보다는 작은 각오로 분리 보관하여 냉동실에 넣어 두면 좋겠다. 아무 때나 어떤 상황에서나 각오를 넣을 수 있게 됐다.

탬핑을 강하게 하면 커피가 진해지듯, 각오 역시 너무 강하게 다져 넣으면 여유가 빠져나올 길이 없다. 조금은 숨구멍을 만들어야 실패했을 때 각오 사이로 잠깐 웃을 수 있게 될 것이다.

'각오'라는 말은 나와 잘 어울리지 않는다. 하루 종일 잘 놀았지만 앞으로 만날 일은 많지 않을 것 같다. 나 없이도 잘 지낼 단어 같긴 하다.

텔레비전에다 자연의 모습을 담은 영상을
하루 종일 틀어 두자

믿기지 않는 실험 결과가 있다. 식물이 곁에 있는 것만으로도 인간의 스트레스가 줄어들고, 주의력이 높아지며 치유 효과까지 나타난다는 사실이 입증됐다. 병원에서 창가에 누워 창밖의 식물을 내다볼 수 있는 환자들은 진통제 사용량이 감소한다는 결과도 있다. 오 헨리가 쓴 소설 〈마지막 잎새〉의 환자가 담쟁이덩굴에 왜 집착했는지 이제야 알겠다.

일리노이 대학교의 연구자들은 식물이 인간의 집중력에 미치는 영향을 연구했다. 창밖으로 건물이 내다보이는 교실과 식물이 내다보이는 건물에서 시험을 치른 경우, 식물이 내다보이는 교실에서 시험을 치른 학생들의 성적이 높게 나왔다. 도시 경관을 찍은 영상과 자연 환경을 찍은 영상을 번갈아 보여 줬더니 자연 환경을 찍은 영상을 본 후 스트레스가 훨씬 줄어든 결과도 있었다. 식물에서 어떤 물질이 분비되기도 하겠지만, 보는 것만으로도 치유 효과가 있다는 것이다.

동물 다큐멘터리에 푹 빠진 사람들 이야기를 많이 들었다. 집에 돌아와 쉬는 시간에 화면으로 밀림의 동물들을 보고 있으면 머리가 텅 비면서 휴식이 된디고들 한나. 나도 최근에 그 심정을 알게 됐다. 넷플릭스에서 볼 만한 것들을 찾아 헤매다가 동물과 관련된 영상을 보게 됐는데, 잠깐만 봐야지 하다가 한 시간을 보내고 말았다. 그 이후로는 밀림과 동물과 자연이 등장하는 화면을 소리는 끈 채 켜 두곤 했다. 화면이 조금 작은 게 아쉬웠다. 마음 같아서는 최신형 프로젝터와 스크린을 구입하여 작업실 한구석에 하루 종일 틀어 놓고 싶었다.

영화 〈레토〉에서 주인공 중 한 명인 '펑크'가 영상 속으로 뛰어 들어가는 장면이 환상적으로 등장한다. 영상에서는 바다가 펼쳐져 있었는데, 펑크는 자신의 방에서 곧장 바다로 향할 수 있게 된다. 영화의 묘사는 자유에 대한 은유에 가까웠지만, 실제로 훗날 이런 기술도 가능해지지 않을까? 내 방에서 자연의 영상을 보고 있다가 가고 싶은 곳을 발견하면 곧장 뛰어들 수 있지 않을까? 아직까지는 보는 것만으로도 충분히 만족하고 있지만.

질문하는 연습을 해 보자

"인생은 속도가 아니라 방향이다." 사람들이 자주 인용하는 말인데, 나는 이 말을 들을 때마다 자꾸만 고개를 갸웃거리게 된다. 맞는 말 같긴 한데, 정말 맞는지 모르겠다. '인생은 방향이다'라는 말에는 동의할 수 있다. 어디로 가야 할지 지금도 잘 모르겠으니까. 방향을 알고 싶고, 찾고 싶으니까 인생에는 방향이 중요하다. 그렇다고 해서 속도가 아니라고 말할 수 있나? '인생은 속도다'라고 하면 틀린 말일까? '인생은 방향이 아니라 속도'라고 하면 잘못된 것일까? 어느 쪽으로 갈지도 무척 중요하지만 어떤 속도로 달릴지가 훨씬 중요하게 느껴질 때도 많다. 잘 알 수 없는 방향으로 달릴 때는 좀 천천히 가고, 내가 좋아하는 길을 달릴 때는 최고 속도로 달리게 된다. 내 인생에서 어떤 방향이 '옳은' 방향이었는지 지금 나는 알지 못한다. 먼 훗날 알게 될 것이다. '속도'에 대해서라면 확신이 있다. 지금 나는 내 페이스를 알고 있고, 무리하지 않으며 천천히 달리고 있다. 천천히 달리다 보면 방향에 대해서도 더 많이 생각하게 된다.

이런 생각들을 하게 된 이유가 있다. '하루에 하나씩 질문을 해 보자'라는 계획을 세운 지 20일째였던가, '인생은 속도가 아니라 방향'이라는 문장을 보자마자 질문을 떠올렸다. '무조건 질문을 해 보자'는 생각이 없었다면 나 역시 저 문장에 쉽게 동의했을지도 모른다. 의심을 해 보고 질문을 던지는 건 생각보다 쉽게 되지 않는다.

영화를 볼 때마다 상당한 양의 메모를 하게 된다. 영화에 등장하는 캐릭터, 중요해 보이는 대사, 복잡한 플롯 등을 꼼꼼하게 적는다. 메모하기 쉽게 영화 노트의 양식도 만들었다. 4단 구성인데, 1단에는 전체적으로 중요해 보이는 내용, 2단에는 중요한 장면과 스토리, 3단에는 영화를 보다가 떠오르는 잡생각이나 농담을 적는다. 마지막 4단의 제목은 '질문하기'다. 영화를 보면서 떠오르는 질문들을 적는 곳이다. 영화를 다 보고 나면 다른 곳은 꽉 차 있는데 '질문하기' 쪽이 비어 있는 경우가 많다. 나는 영화를 처음부터 다시 떠올리며 질문할 거리를 찾는다. 연습할수록 더 많은 질문을 떠올릴 수 있고, 더 새로운 질문을 찾을 수 있다.

노래 한 곡의 여러 가지 다른 버전을
들어 보자

글을 쓸 때는 클래식 음악을 자주 듣는다. 그중에서도 피아노 소나타. 심심할 때마다 하는 일은 같은 음악을 피아니스트마다 어떻게 해석하는지 들어 보는 것이다.

가장 유명한 곡으로 설명하자면 바흐의 〈골드베르크 변주곡〉. 많이 알려진 글렌 굴드 버전은 1955년과 1981년이 무척 다른데, 1955년 버전이 겨울의 폭풍우 같다면 1981년에 녹음한 음악은 가을의 바람 같다. 로잘린 투렉의 1988년 녹음은 봄바람이 부는 벤치에 앉아서 읽는 수학 교과서 같다. 빌헬름 켐프의 피아노는 따가운 여름 햇볕 아래로 흐르는 시냇물 소리 같다.

이런 식으로 음악을 비유의 대상으로 놓고 보면 차이를 선명하게 설명할 수 있다. 음악은 객관적 분석보다는 주관적 해석이 중요한 영역인데, 나만의 해석표를 문장과 비유로 남겨두는 것이다. 다른 사람이 들으면 "글쎄? 내 귀에는 그렇게 들리지 않던데?"라고 할 수도 있겠지만 상관없다. 내 귀에 그렇게 들리는 것이고, 그걸 계속 발전시켜 나가다 보면 자신만의 취향이 완성된다.

클래식 음악보다는 목소리가 들어간 노래들의 차이가 좀 더 선명하긴 하다. 〈Over the Rainbow〉를 부른 가수는 대체 얼마나 많을까. 그중에서 내 마음에 드는 한 곡을 발견해 보자. 에드워드 윌슨은 《창의성의 기원》(사이언스북스 2020)에서 〈Send In The Clowns〉의 다양한 버전을 예로 들면서 글렌 클로즈가 부른 버전이 가장 멋지다고 했는데, 내 생각은 좀 다르다. 나는 아무래도 바브라 스트라이샌드가 부른 쪽이 훨씬 가슴 아프게 들린다. 그게 슬픔을 대하는 태도의 차이 같은 것이겠지.

같은 꽃을 그렸지만 닮은 게 전혀 없는 그림도 있다. 반 고흐의 해바라기와 클림트의 해바라기는 얼마나 다른 꽃인가. 르누아르의 장미와 살바도르 달리의 장미가 같은 꽃이라고 할 수 있을까. 자세히 들여다보고 차이를 알아내고, 내 방식으로 그 차이를 극대화시켜 보자.

상품을 만들어서 선물해 보자

목적 없는 예술도 아름답지만 목적 뚜렷한 예술 작품도 아름답다. 많은 명화는 누군가의 의뢰에 의해서 그려진 작품이다. 가끔 내가 쓴 글을 보고 깜짝 놀랄 때가 있는데, 청탁에 의해 급하게 쓰여진, '어떻게 내가 이런 생각을 했지' 싶은 문장들을 보면 그렇다. 나도 내가 놀랍다. 돈 때문에 만들어진 예술 작품이 순수하지 않다고 생각하는 사람이 아직도 세상에 존재한다면, 음……, 그냥 존재해야지.

언제부턴가 책을 낼 때마다 '사은품'을 함께 만드는 문화가 생겼다. 책을 잘 읽지 않는 사람들을 사은품으로 유인하는 것인지, 책을 많이 사는 사람들에게 뭐라도 하나 끼워 주려는 것인지 의도는 명확하지 않지만, 나로서는 무척 재미있다. 책에 어울리는 상품을 함께 만드는 일은 새로운 창의력을 요구하는 일이다. 단편집을 낼 때에는 주로 종이를 보관할 수 있는 파일을 만들었고(책 표지를 커다랗게 인쇄했다), 맥주잔을 만든 적도 있고(지금도 잘 쓰고 있다), 내가 그린 그림으로 만든 스티커도 있었고(지금도 잘 붙이고 있다), 배지도 만들었다(잘 보이는 데다 전시해 두었다). 앞으로도 책을 낼 때마다 그런 상품을 함께 만들 생각을 하니, 빨리 소설이 쓰고 싶어진다.

내가 좋아하는 그림이나 존경하는 뮤지션이나 작가의 사진이 인쇄된 티셔츠를 사고 싶어서 한동안 해외 사이트를 뒤지고 다녔다. 그러다 문득 깨달았다. '내가 지금 대체 무슨 짓을 하고 있는 거지? 그냥 만들면 되잖아.'

생각보다 쉬운 일이었다. 그림은 직접 그렸다. 영화의 한 장면을 그렸고, 좋아하는 작가인 커트 보니것의 얼굴도 그렸고, 멋지다고 생각하는 문구도 적었고, 애니메이션 〈사우스 파크〉의 주인공도 직접 그렸다. 티셔츠를 만들어 주는 사이트는 무척 많았고, 티셔츠의 종류도 다양했다. 내가 그린 그림을 티셔츠에 얹어 보고 어울린다 싶으면 주문 버튼을 누르면 된다. 일주일 정도면 집으로 배송된다.

내가 직접 그린 그림을 티셔츠로 만들어서 선물하면 감동하지 않을 사람이 있을까. 그림을 못 그려서 용기가 나지 않는다고? 티셔츠로 만들어 보면 좀 못 그린 그림도 제법 그럴싸하다.

하루 종일 굶어 보고 내가 느끼는 허기의 정도를 종이에 적어 보자

간헐적 단식을 추천하는 사람이 많다. 단식을 안정적으로 하면 혈압이 감소하고 인슐린 감수성과 세포 스트레스 저항력이 상승한다고 한다. 유산소 운동을 할 때의 효과와 거의 비슷하다.

건강 검진 전날을 제외하면 단식을 해 본 적이 거의 없었는데, 한번은 피곤한 나머지 밥 먹는 걸 거르고 잠을 잔 적이 있었다. 일어나서 밥을 먹는다는 것 자체가 너무나 귀찮았다. 잠깐 잠에서 깼을 때 배가 텅 비어 있다는 게 느껴졌다. 배고픈 것과 달랐다. 그냥 커다란 공터를 뱃속에서 발견한 느낌이랄까. 그 속에서 소리를 지르면 메아리가 크게 울릴 것 같았다. 나는 빈 공간을 느끼고 그대로 놓아두었다. 시간이 흐른 후 '꾸르르르' 하는 소리가 들렸고, 고였던 물이 말라 가듯 빈 공간의 크기가 점점 커지는 것 같았다. 어디까지 참을 수 있을까?

배가 고프면 신경이 예민해져서 주변의 사람들을 괴롭힐 확률이 높으므로 혼자 있는 시간에 허기를 관찰하길 추천한다.

내 감정을 건물에 비유해 보자.
지하에는 어떤 감정들이 살고 있는지
확인하러 가 보자

사람을 빌딩에 비유할 수 있다면 나는 몇 층짜리 건물일까?
부실 공사는 아닌가? 이제 어디선가 슬슬 물도 새는 것 같고,
지하실에서는 쿰쿰한 냄새도 나는 것 같다. 리모델링을 하면
좋겠지만 집값이 점점 떨어지고 있으니 대출도 힘들어질 것
같다. 물질적으로 비유를 하자면 이렇게 슬픈 이야기들뿐이
니 오늘은 마음에 대한 이야기만 하도록 하자.

사람의 감정을 빌딩에 비유할 수 있다면 내 감정은 지상 몇
층 지하 몇 층의 건물일까?

지상층에는 햇볕이 잘 드는 솔직하고 기쁜 마음들이 살고 있
고, 꼭대기층에는 성취감으로 인테리어를 한 통창으로 앞날
이 널찍하게 보인다. 어두운 마음들은 남들이 잘 볼 수 없는

지하로 내려보냈다. 건물을 지을 때 지상보다 지하 건축비가 훨씬 비싸듯 마음 역시 지하에 묻어 두려면 더 비싼 값을 치러야 한다.

지하 1층은 지상과 다름없다. 주상 복합 건물의 지하 1층에는 대부분 식당이 자리 잡고 있다. 내 마음의 지하 1층 역시 식욕에 관련된 마음들이다. 음식을 탐하는 욕망은 조금 부끄러울 수 있지만 그래도 남들이 봐도 상관없을 정도다. 지하 2층부터는 조금 더 숨기고 싶은 욕망들이다.

질투와 시기심은 지하 3층쯤 있다. 누군가에게 복수하고 싶었던 마음은 아마도 지하 5층쯤이었나, 더 내려갔나. 지하로 가는 엘리베이터의 자물쇠는 쇠사슬로 여러 번 묶여 있어서 나조차도 풀기 힘들다. 거기에 어떤 감정들이 있었던가, 기억도 가물가물하다.

어떤 주제로 글을 쓰려면 거기에 내려가 봐야 한다. 지상에 있는 멋있는 말들로 대충 얼버무리는 글을 쓸 수도 있지만 그건 진짜가 아니다. 글을 쓰려면 지하 8층에 뭐가 살고 있는지 가 봐야 한다. 예전에는 별것 아닌 것 같던 작은 어둠이 얼마나 커졌는지, 혹시 사라졌는지, 괴물이 되지는 않았는지,

내려가 봐야 한다. 거기에서 맞닥뜨린 녀석에 대해서 글을 써야 한다. 내 감정으로 만들어진 빌딩이 도대체 지하 몇 층까지 내려가 있는지, 나도 잘 알지 못한다.

자신의 루틴을 무시하고 깨 보자

운동선수들은 루틴이 많다. 물병을 놓는 위치와 중간에 먹는 간식의 무게까지 고려하는 테니스 선수가 있고, 경기장으로 입장할 때 오른발이 먼저 들어가야만 안심이 되는 축구 선수도 있다. 그렇게 했을 때 최상의 컨디션을 유지할 수 있다는 믿음 때문이다. 내게도 그런 루틴이 몇 가지 있다. 특정한 재질의 옷을 입었을 때 글이 잘 써진다든가 손톱을 짧게 깎아야 아이디어가 술술 풀린다거나. 거슬리는 게 없어야 마음이 편안해지고, 그래야 머리가 잘 돌아간다.

루틴을 자주 바꾸는 운동선수도 있다. 빨간색 팬티가 승리의 부적이라 생각했다가 실수로 파란색 팬티를 입은 날 더 좋은 성적을 거뒀고, 이후 파란색으로 모든 팬티를 바꾼 선수가 있다. 색깔이 중요한 게 아니라 그날 그 선수의 컨디션이 더 좋았던 것이 아닐까 하는 생각이 들지만, 본인이 그렇게 믿고 싶은 걸 어떻게 하겠나. 운동선수들에게 유독 루틴이 많은 이유는, 반복되는 고된 훈련과 승리와 패배만이 존재하는 제로섬 게임에서 무엇에라도 의존하고 싶은 절박함 때문일 것이다.

한 오페라 가수는 공연 전에 차에다 꿀을 섞어 마시는 루틴이 있었다. 비엔나에서 공연을 할 때 꿀차를 담은 오래된 보온병이 바닥에 떨어졌고, 유리로 된 보온병은 산산조각이 났다. 루틴을 신봉하는 사람이라면 그날 공연을 망칠 것을 예감했겠지만 그는 담담하게 그동안의 루틴을 없애 버렸다. 그다음부터 물이나 과일 주스를 마시는 것으로 바꾸었다. "공연 전에는 수분 섭취만 잘 해 주면 그만입니다."

운동선수라면 충분한 연습과 충분한 스트레칭이 있으면 그만이고, 작가라면 충분한 자료 조사와 적당한 수면과 편안한 마음이 준비되면 그만이다. 우리가 가지고 있는 루틴을 박살내 보자. 때때로 루틴이 강박이 됐을 때 우리는 목표를 잊게된다. 우리의 목표는 즐기는 것! 몰입하면서 그 세계에 빠질 때 우리는 모든 걸 잊고 다른 세계로 빠져들어 간다. 그런 순간, 루틴은 전혀 중요하지 않게 된다.

집에 있는 가구의 위치를 바꾸어 보자

내 취미는 집 안 가구들의 위치를 수시로 바꾸는 것이다. 소파의 위치를 옮기고 의자의 위치를 옮기고 텔레비전의 방향도 수시로 바꾼다. 사소한 위치 이동인 경우가 많지만, 때로는 집 안 물건들의 위치를 바꾸다가 밤을 샐 때도 있다. 이웃에 민폐를 끼치지 않기 위해 두꺼운 이불을 깔고 가구를 밀고 있다 보면, 내가 왜 이러나 싶기도 하다. 야반도주를 준비하는 사람처럼 소리 내지 않고 조용히 일을 처리한다.

정리하다 보면 '이걸 왜 시작했나' 후회할 때도 많다. 정리가 끝나면 피곤해져서 아무것도 하지 못하고 쓰러질 때도 있다. 정리할 시간에 글을 썼으면 단편 소설 한 편은 완성했겠지. 그렇지만 세상 일이란 산수처럼 정확하게 더하고 뺄 수 있는 영역이 아니다.

정리를 끝내고 나면 예전에 보지 못했던 풍경이 보인다. '이 벽지가 이렇게 예뻤었나?' '식탁을 식탁으로 사용하지 못하고 있었구나' '여기서 보니 창밖의 계절이 훨씬 잘 보이네' 같은 뿌듯한 마음에 힘든 것도 잊게 된다. 화병의 위치를 바꾸는 사소한 움직임만으로도 생각의 전환을 할 수 있다. 우리는 눈에 보이는 대로 생각하고, 한번 정해진 것을 쉽게 바꾸지 못한다. 자신의 선택이 실패가 아니길 바라는 마음이 크기 때문이다.

집 안의 사물 위치 바꾸기는 여행과 흡사하다. 여행이란 내 마음의 풍경들을 재구성하기 위해 떠나는 모험이고, 위치 바꾸기는 내 시선을 재조정하기 위해 벌이는 여행이다.

세상에 '제자리'라는 것은 없다. 마음먹기에 따라 제자리는 언제든 바뀔 수 있다. 시계를 옮겨 걸고, 벽에 붙여 두었던 탁자를 방 한가운데로 옮겨 보고, 텔레비전 쪽을 보고 있던 소파는 창밖을 향하게 비틀어 보자. 식탁을 책상으로 써 보고, 세워져 있던 책장을 가로로 길쭉하게 눕혀 보자. 침대의 방향을 바꾸고 러그의 위치를 옮겨 보자.

무엇이든 외워 보자

어렸을 때 교회의 성경 암송 대회에 나간 적이 있다. 자진해
서 나간 것은 아니고 누군가의 강요 혹은 권유 때문이었을
것이다. 외우는 건 잘하지 못했다. 지금도 잘하지 못한다. 처
음에는 술술 풀리는가 싶더니 어떤 문장에서 생각이 꼬였고,
말이 꼬였고, 그다음부터는 지옥을 맛봤다. 교회에서 만나는
지옥이란 얼마나 무서운지.

성경을 계속 들여다보면서 외우고 말해 보고, 다시 외우고
말해 보던 장면이 기억에 생생하다. 어떤 대목을 외웠는지는
기억나지 않지만 뭔가 외우려고 애쓰던 동작들은 선명하게
남아 있다. 성경 암송 대회의 규칙은 토씨 하나 틀리지 않고
똑같이 말하는 것이어서 사소한 조사와 형용사까지도 몽땅

외웠다.

방송 일을 조금씩 하게 되면서 오랜만에 외울 일이 생겼다. 외운다고 해 봐야 시작 부분의 짤막한 인사나 광고성 홍보 문구가 전부인데도 도무지 잘 외워지지 않았다. 대략의 내용만 맞으면 되는데도 토씨 하나 틀리지 않고 외우려는 버릇이 남아 있었다. '댓글을 남겨 주시면 추첨을 통하여 A사에서 제공하는 B상품을 총 열 분에게 드립니다'라는 문장을 외워야 하는데, '댓글을 남겨 주시는 분 중 A사에서 제공하는 B상품을 추첨을 통하여'라고 발음하다가 "아니, 아니, 이게 아니지, 다시 할게요." 이런 식으로 꼬이다가 결국에는 B사에서 제공하는 A상품이 되기도 하고, 총 열 분이 스무 분이 되기도 하고, 결국에는 정신이 붕괴되기에 이른다.

포털에 검색하면 모든 걸 알 수 있는 세상, 외우는 게 무슨 의미가 있나 싶지만 어떤 분야의 기본 지식은 외워야 하는 경우가 많다. 사람의 생명을 다루는 의사들은 기본적인 것을 외워 두어야 그다음 단계에서 응용력을 발휘할 수 있다고 한다. 과학자들도 비슷한 이야기를 한다. 단순히 뭔가 외우는 것만으로 성취감을 느낄 수도 있다. 나는 요즘 시를 한 편씩 외우거나 명문장을 외운다. 원문을 외워 보고 말해 보고, 다시 원문을 보고, 녹음을 해서 어떤 부분이 틀렸는지 확인하다 보면 문장이 내 몸에 스며드는 게 느껴진다.

세 개의 단어를 임의로 선택하여
새로운 아이디어가 들어간 상품을 만들어 보자

일본의 소프트웨어 유통 회사 '소프트뱅크'를 설립하면서 세계적인 IT 재벌로 올라선 손정의 씨가 자주 한다는 아이디어 추출법이 있다.

첫째, 가장 평범한 사물들의 이름을 적은 단어 카드를 300장 만든다. 주변에서 쉽게 볼 수 있는 것들이면 된다. 자전거, 핸드폰, 책꽂이 등등. 둘째, 아침에 일어나 그중에서 카드 세 장을 뽑는다. 완전한 무작위로 세 장의 카드가 세트가 된다. 셋째, 세 장의 카드에 적힌 단어로 새로운 상품을 만들어 본다. 자전거, 핸드폰, 책꽂이라면 자전거 위에다 책꽂이의 형태로 핸드폰을 장착하는 거치대를 생각한다. 말도 안 되는 조합이 자주 일어나지만 손정의 씨는 이 추출법으로 수많은 발명품을 만들어 냈다.

손정의 씨는 IT 발명품을 만들기 위해 이런 방법을 선택했지만, 새로운 아이디어를 떠올리고자 하는 사람이 써먹기에도 좋은 방법이다. 나 같은 경우에는 글쓰기 재료를 찾기 위해 이런 방법을 쓴다. 매일 한 장의 그림을 그리고 싶은 사람들에게도 유용할 것 같다. 살바도르 달리처럼 기괴한 그림을 자주 그릴 수 있지 않을까?

나만의 리스트를 만들자

사람들은 순위 매기는 걸 좋아한다. 역사상 최고의 작품 베스트 10, 당신만 모르는 베스트 3, 죽기 전에 꼭 봐야 할……, 이런 리스트들은 끝도 없다. 문화적인 혜택이 거의 없는 지역에서 자란 탓에 대학생이 되고 나서는 리스트에 집착하기 시작했다.

제일 먼저 시도한 것은 '얼터너티브 앨범 베스트 100' 듣기였다. 난생처음 들어 보는 앨범들이 많았다. 1위부터 10위까지가 첫 번째 목표였다. 1위는 '라몬스'의 앨범이었고, 2위는 '퍼블릭 에너미', 3위는 '벨벳 언더그라운드'였다.

CD를 구하기도 쉽지 않았다. 단골 레코드 가게에 주문을 해도 한 달 후에야 살 수 있었다. 지금도 기억이 난다. 레코드 가게에서 CD를 받아 들고 집으로 돌아오는 버스에서 음악을 듣던 순간……, '대체 이게 왜 높은 순위인 거야?'라는 마음이 들었다. 납득할 수 없었지만 계속 들어 보기로 했다. 11위부터 20위, 21위부터 30위……, '리스트 지워 나가기'는 계속 됐다. 구할 수 없는 음반들은 따로 리스트를 만들었다. 언젠가 듣고 말리라.

그렇게 6개월쯤 하고 났더니, 내가 어떤 음악을 좋아하는지가 선명해졌다. 세상에 이런 음악도 있구나 싶은 앨범을 발견했다. '빅스타'나 '소닉 유스'가 그랬다. 아직까지도 정이 가지 않는 앨범도 있다. '퍼블릭 에너미'가 그렇다. 들어 본 음악은 형광펜으로 표시를 했고, 나름의 별점을 매기기도 했다. 나만의 리스트를 따로 만들기 시작했다.

다음으로는 영화에 도전했다.

흔히 명작이라고 불리는 영화들을 하나둘 보기 시작했고, 당시 '씨네마떼끄'라고 불리던 영화 상영관에 죽치고 있는 날이 늘었다. 영화 속 장면들은 기억 속에서 가물가물하지만, 영화를 보면서 감탄하던 내 모습은 여전히 선명하다. 어둠 속에서 새로움에 감탄하며 스크린을 응시하고 있던 내가 보인다. 지금도 그때 참고했던 리스트를 보면 나의 20대가 보인다. 나에게 리스트는 여정이자 계단이었다.

미술 작품 감상처럼 음식에 대한 감상도
기록으로 남겨 보자

이탈리아 로마에 자주 갔다. 그냥 그 도시가 좋았다. 볼 것도 많고, 걸어 다니기도 좋고, 번잡스럽고, 에스프레소는 끝내주게 맛있고, 소매치기도 많고……, 여러모로 재미있는 도시다. 한번은 호텔을 구하지 못해 여러 명이 한방에서 자는 공동 숙소에 묵었던 적이 있다. 한국 사람이 운영하는 곳이라 한식을 먹을 수 있다는 장점이 있었고, 새로운 정보를 얻을 수도 있었다. 그런 이유 때문인지 배낭 여행을 온 대학생들이 많았다. 대학생들과 나의 스케줄은 판이해서 마주칠 일이 거의 없었는데, 딱 하루 일찍 일어난 날 아침에 그들의 분주한 일상을 볼 수 있었다.

대학생들은 정말 부지런했다. 지도에 빼곡하게 적어 둔 그날의 동선과 계획을 보며(그때는 핸드폰으로 지도를 보던 때가 아니었다.) 아침을 든든히 먹고 있었다. 잠깐 이야기를 나누다가 점심 식사 계획이 없다는 걸 알게 됐다. 밥은 어디서 먹냐고 물었더니 숙소 한구석에 있는 빵을 가리켰다. 대학생들은 바게트에다 햄과 치즈 한 장을 끼워서 도시락을 만들었다. 그게 점심이었다. "아침은 먹고 나가고, 점심은 바게트 샌드위치 만들어서 먹고, 저녁은 또 여기서 주거든요. 그럼 식비를 많이 아낄 수 있어요."

솔직히 지금 이 글을 쓰고 있는 도중에도 군침이 나고 있다. 이탈리아 길거리에서 먹는 '프로슈토와 치즈를 곁들인 샌드위치'는 정말 맛있다. 커피 한 잔과 함께하면 그 짭짤하고 고소한 질감이 감미롭게 질척거린다. 나는 그들에게 밥 먹는 데 사치를 부리라고 말하고 싶었지만 그러지 못했다. 주제넘은 간섭이었다. 사람마다 목표도 다르고, 목표에 이르는 여정도 다르다. 배고픈 걸 참고서라도 아름다운 예술 작품 하나를 더 보는 게 낫다고 생각할 수 있다.

이제는 좀 더 주제넘게 말하고 싶다. 여행을 가면 먹는 데도 돈을 좀 쓰라고. 그곳에서만 먹을 수 있는 것을 먹으라고. 그 감각을 잘 기록하고 저장하라고. 미술 작품에 대한 감상처럼 음식에 대한 감상도 남겨 두라고. 마치 비상 음식 챙겨 두듯 간직해서 나중에 그곳에 가지 못할 때 꺼내서 먹으라고. 물론 '아는 게 병'이라고 그 맛을 너무 잘 기억해서 가지 못하는 아픔이 더 크게 느껴질 수도 있다.

인간의 언어가 아닌 무생물의 언어로
말해 보자

감정 이입을 몹시 잘하는 편이다. 영화를 보다가도 잘 울고, 다큐멘터리를 볼 때도 잘 울고, 잘 웃고, 많이 아파한다. 화면 속 사람의 이야기를 듣는 순간, 그 사람의 전체 생애가 상상되고 처지를 알 것 같다. 실제 생활에서는 사람들의 사연을 들을 기회가 별로 없어서 다행이다.

강력한 감정 이입에는 좋은 면도 있고 나쁜 면도 있다. 대상에게 완전 몰입하여 생각과 감정을 온전히 공유하는 듯한 느낌이 드는 건 좋은 면이다. 소설을 쓸 때도 도움이 된다. 대상에게 지나치게 감정 이입하여 전체를 보지 못하게 된다는 점은 나쁜 면이다. 일종의 '스포트라이트 효과' 같은 것인데, 그 사람에게 고통을 준 주변 사람들이 악당으로 보인다거나 전체적인 상황이나 큰 그림을 보지 못하게 되는 약점이 생긴다. 감정 이입을 잘하는 사람에게는 한발 떨어져서 상황을 보려는 거리 감각이 반드시 필요하다.

거리 감각을 위해 내가 하는 연습은 '무생물의 입장에서 생각해 보기'다. 의자는 어떨까, 소파는 어떤 마음일까, 농구공은 통통 튀면서 무슨 생각을 할까, 이런 상상을 많이 해 보는 것이다.

'크게 튀어 올라 하늘까지 날아오를 듯한 농구공은 점점 땅으로 가까워지고, 결국 미약한 튐김을 마지막으로 정지하고 마는데, 그때 농구공이 작은 한숨을 쉬었다.'

이런 생각을 하는 게 도움이 된다. 의자 같은 무생물에 지나친 감정 이입을 해서 '의자가 나를 얼마나 무거워할까'라는 마음으로 의자 본연의 기능을 사용하지 못하는 건 안 되겠지만.

무생물뿐 아니라 거대한 추상 명사의 언어로 생각해 보는 것도 좋다. 자연은 어떤 마음일까, 우주는 분노할까, 세계는 추악할까. 이런 생각들. 내가 아는 가장 멋진 무생물의 언어는 국제 보전 협회를 대표하여 '어머니 자연'이 된 영화 배우 줄리아 로버츠의 말이었다.

사실 내게는 인류가 필요하지 않습니다. 인류가 나를 필요로 하지요. (중략) 여러분이 매일 어떤 사람을 선택하든, 나를 존중하든 무시하든, 사실 내게는 중요하지 않아요. 여러분이 어떤 식으로 행동하느냐에 따라 결정되는 것은 여러분의 운명이지, 내 운명이 아니니까요.

정말 쿨한 자연의 말이 아닐 수 없다.

좋아하는 분야의 잡지를 처음부터 끝까지 찬찬히 읽어 보자

'잡지'라고 부르면 잡스러워 보이고 '매거진'이라고 부르면 고급스러워 보이지만, 둘의 의미는 같다. 아랍어에서 출발한 단어는 프랑스에서 'magasin'으로 변하여 '물건들을 쌓아 두는 창고'가 되었고, 영어로 건너가면서 'magazine'이 되었다. 일본어로 번역되는 과정에서 '잡지'가 되어 지금에 이르렀다. '잡스럽다'는 말은 폄하의 의미로 많이 쓰이지만 나는 지금 시대에 가장 필요한 단어가 '잡(雜)'이라고 생각한다. 하나에 집중하지 않고 다양한 곳에 관심을 가지면서, 한 우물만 팔게 아니라 여러 우물을 잡스럽게 건드려 봐야 자신의 진가를 알 수 있는 시대가 아닌가.

영어 'magazine'에는 총의 '탄창'이라는 의미도 있다. 여분의 총알이 저장된 곳이다. 잡지를 보면 정말 총의 탄창 같다는 생각이 든다. 어디 가서 써먹을 이야기가 정말 많다.

한 권의 잡지에는 다양한 정보가 들어 있다. 대부분의 잡지가 한 달에 한 번(최소 한 계절에 한 번) 발행되니 최신의 정보가 담길 수밖에 없다. 사람들은 요즘 어떤 것에 관심을 가지고 있는가, 어떤 걸 먹고, 어떤 제품을 사고, 어떤 생각을 하는가. 잡지에 다 들어 있다.

중간중간에 있는 광고 역시 최신 정보를 알 수 있는 좋은 자료다. 광고의 트렌드도 알 수 있다. 텔레비전에 나오는 광고는 꼼짝없이 끝까지 봐야 하지만(급하게 화장실에 다녀올 타이밍으로 쓰기도 하지만) 종이 광고는 건너뛰면 그만이다.

깨알 같은 정보들도 참 많고, 영감을 불러일으킬 만한 멋진 사진도 많다. 때로는 작가들의 멋진 소설도 읽을 수 있고, 친구들과 함께 이야기할 만한 가십도 많다.

잡지는 쉽게 찾아볼 수 있다. 미용실에도 있고, 관공서에도 있다. 종이 잡지를 인터넷으로 볼 수 있는 서비스도 많다. 월정액 전자책 서비스를 하는 곳에 가입해도 많은 잡지를 볼 수 있다. 첫 장부터 천천히 잡지를 넘기면서, 자신의 관심이 어디로 가는지 지켜보자. 분명 몇몇 페이지가 당신을 사로잡을 것이다.

전시회장에 가서 마음에 드는 그림 하나를
30분 이상 들여다보자

프랑스 파리의 오랑주리 미술관 1층에는 모네의 작품 〈수련〉
이 있다. 파리에 갈 때마다 미술관을 찾아가서 같은 작품을
다시 본다. 볼 때마다 그림은 다르다. 심지어 오전과 오후의
그림이 달라진다. 그림은 똑같지만 미술관의 공기가 달라지
고 관객이 달라지기 때문이다.

〈수련〉 앞에는 널찍한 의자도 있다. 오랫동안 수련에 둘러싸
여 있다 보면 그림이 아니라 환경 같다는 생각이 들기도 한
다. 진짜 수련에 둘러싸인 느낌이 든다. 모네의 그림이 훌륭
해서일 수도 있지만, 그건 시간의 문제이기도 하다. 모네가
수련을 들여다보면서 그림을 그린 시간은 무척 길었을 것이
다. 나도 그 시간을 체험하면 그림을 좀 더 쉽게 받아들일 수

있다.

그 어떤 전시장에 가서도 똑같은 걸 해 볼 수 있다. 그림을 그린 사람은 짧게는 몇 시간, 길게는 몇 달 동안 그림에 매달렸을 것이다. 수많은 환경이 변하고, 그리는 동안 생각도 바뀌고, 어떨 때는 여러 번 덧칠도 했을지 모른다. 그림을 오랫동안 들여다보면 그린 사람의 시간을 체험할 수 있다.

실험적인 음악을 들으며 소리에 집중해 보자

한동안 '소닉 유스'라는 그룹에 빠져 있었다. 지글지글한 노이즈로 가득한 음악을 듣고 완전히 반해 버렸다. 자주 듣게 되는 음악은 아니지만 우울하거나 산만할 때 한번씩 들으면 마음속에다 진공청소기를 돌리는 것 같은 효과가 있다. 노이즈가 사방에 퍼지며 숨은 먼지들을 빨아들인다. 모든 사람에게 효과가 있는 것은 아닐 테지만 때로는 평소에 듣던 음악이 아닌 새로운 음악, 흔히 '실험적'이라는 꼬리표가 붙은 음악을 듣다 보면 생경한 소리의 파장을 온몸으로 느낄 수 있다.

한국의 기차역 지도를 펼쳐 놓은 다음
한 번도 들어 보지 못했던 도시에 가서
하루를 지내 보자

대전이 어디에 있는지 정확히 알지 못하는 사람을 봤다. 광주나 순천이 어느 쪽에 있는지, 서울에서 창원이 울산보다 가까운지 먼지 모르는 사람도 만난 적이 있다. 사람들은 자신이 살고 있는 곳 바깥에 얼마나 큰 세상이 있는지 실감하지 못하고 산다. 서울의 여러 곳을 왔다 갔다 하다 보면, 강원도로 휴가도 가 보고, 광주로 맛있는 걸 먹으러 가 보기도 하면 그제야 대한민국이 얼마나 넓은지 깨닫게 된다. 지금 전국의 기차역 지도를 펼쳐 보자. 분명 처음 들어 보는 지명이 있을 것이다. 기차역이 있다는 건 사람들이 자주 간다는 뜻이고, 사람들이 자주 가는 데는 분명 이유가 있을 것이다. 어느 곳으로나 무작정 떠나서 낯선 경험을 해 보자.

내가 찍은 사진 중 마음에 드는 것을
하나 고른 다음 크게 인쇄하여 벽에 붙여 보자

얼마 전에 사진 보관함을 보다가 마음에 드는 사진을 발견해서 커다랗게 인쇄한 적이 있다. 색 보정을 하고 균형을 조금 맞췄더니 작품 사진 같아 보였다. 요즘은 핸드폰의 카메라가 워낙 좋아서 어떻게 찍어도, 누가 찍어도 근사한 사진이 탄생한다.

벽에 붙여 두면 놀러 온 친구들이 누구의 작품인지 물어볼지도 모른다. 이렇게 대답해 보자. "응, 여행 갔다가 결정적 순간이 포착됐길래 한 번 인쇄해 봤지. 이 공간이랑 잘 어울리지 않니?" 결정적 순간을 포착한 사진을 걸어 둔 자신만의 공간은 아마 인생의 결정적 장소로 바뀔 것이다.

레시피를 보면서 요리를 해 보자

음식을 만드는 일은 글 쓰는 일과 비슷하다. 시장에 가서 재료를 사고(글로 쓸 만한 아이디어를 준비하고) 재료를 다듬고(자료 조사를 하고) 조리를 하고(초고를 쓰고) 양념을 치고(글을 다듬고) 맛을 보고(퇴고를 하고) 아름다운 접시에 담아내고(누군가에게 보여 주거나 책으로 발간하고) 맛에 대한 이야기를 듣는다(글에 대한 평가를 듣는다).

비슷한 듯 다른 점도 있다. 글을 쓸 때는 레시피가 소용없다. 언제나 처음으로 쓰는 글 같고, 전에는 어떻게 글을 썼는지 잘 기억나지 않는다. 글쓰기의 과정을 자세하게 적어 둔다고 해도 다음번에는 아무런 소용이 없다. 반면에 요리는 레시피를 통해 요리 완성도의 오차를 줄일 수 있다. 요리 역시 재료의 신선도, 원산지 등에 따라 맛이 달라질 수 있으니 결국에는 비슷한 것이라고 해야 할까? 어쩌면 뭔가 만들어 내는 모든 과정이 닮은 것인지도 모르겠다.

색의 이름을 알아보고, 오늘의 색을 정한 다음
그 색으로 하루를 살아 보자

색 이름을 듣는 것만으로도 기분이 좋아질 때가 있다. 색 이름을 듣는 순간 우리 눈앞으로 그 색이 펼쳐진다. 색 이름은 어떻게 지어질까?

'라벤더'나 '라즈베리 레드'처럼 자연에서 따오는 경우가 가장 많다. 나일강의 물빛에서 따온 이름 '나일 블루'나 이탈리아 북부의 도시 이름인 '마젠타'처럼 지역에서 따오기도 한다. '미드나이트 블루'처럼 특정한 시간의 이름을 빌려 오기도 한다. 표백하지 않은 양털의 색에서 따온 이름 '베이지'처럼 동물에게서 빌려 올 때도 있다.

색 이름이 새로운 기운을 선사하기도 한다. '초록'이라는 이름을 들으면 힘이 솟아난다. '노랑', '연노랑'이라는 단어를 들으면 마음이 상큼해진다. '짙푸르다'에서는 숲의 싱그러움이 느껴진다. '쑥색'은 얼마나 먹음직스러운 색인지 모른다.

매일 같은 색만 생각하지 말고, 다양한 색을 만나 보자. 오늘 하루의 색을 정하고, 곳곳에서 그 색을 찾아보자.

하루 종일 반대쪽 손으로 살아 보자

왼손잡이에 대한 편견은 동서양이 마찬가지다. 어릴 때 왼손을 쓰다가 혼난 사람들이 꽤 많을 것이다. 어른들의 참견도 이해는 간다. 왼손잡이로 살아가면 불편함이 많으니까, 세상의 대부분이 오른손잡이 위주로 돌아가니까 그런 충고를 해 주었을 것이다. 서양에는 '왼손잡이는 태어나자마자 익사시켜야 한다'는 잔인한 농담도 있다.

프랑스 과학자 샤를로트 포리와 미셸 레몽은 이런 의문을 품었다. 왼손잡이가 그토록 심각한 질병이라면 왜 자연 선택은 왼손잡이를 제거하지 않았을까. 《스토리텔링 애니멀》(민음사 2014)의 작가 조너선 갓셜은 포리-레몽 가설을 참고 삼아 새로운 추측을 내놓았다. 운동 경기를 통한 대결은 모든 문화에서 무척 중요한 위치를 차지하고 있으며, 오른손잡이가 더 많은 사회에서 왼손잡이는 드물기 때문에 강력한 힘을 발휘한다는 것이다. 오른손잡이들은 왼손잡이와 대결할 때 힘들어한다. 야구에서도 그렇고 권투에서도 그렇고 레슬링에서도 그렇다. 그렇게 살아남은 왼손잡이들을 통해 진화가 거듭되었을 것이라는 추측이다. 메이저리그에서 왼손 투수를 극진하게 대접하는 걸 보면 일리 있는 이야기인 것 같다.

왼손을 쓰면서 하루를 살아 본 적이 있다. 모든 것이 내 맘 같지 않다. 흘리고 놓치고 빗나갔다. 마치 손을 처음 써 보는 아이가 된 것 같았다.

오른손잡이라면 왼손만으로 하루를 살아 보자. 왼손잡이라면 오른손으로 하루를 살아 보자. 양손잡이라면, 그냥 잘 살아 보자.

중고 물품을 구입해서 써 보고,
그 물건의 예전 스토리를 상상해 보자

중고 거래를 몇 번 해 보았다. 내 물건을 팔아 본 적은 없고, 누군가 쓰던 물건을 샀다. 처음 구입한 물건은 앰프였다. 큰 기대를 하지 않았는데 좋은 소리를 내는 앰프였다. 사람들에게 믿음이 갔다. 이렇게 좋은 물건을 싸게 내놓기도 하는구나.

두 번째 산 물건은 의자였다. 정현종 시인은 사람이 온다는 건 그의 과거와 미래와 함께 한 사람의 일생이 오는 것이기 때문에 어마어마한 일이라고 말했지만, 하나의 물건을 사는 것도 비슷하게 말할 수 있다. 중고 물품을 사는 것은 몇 명이 썼을지 모를, 여러 사람의 역사가 묻어 있는 물건을 사는 것이다. 어마어마한 거래인 셈이다.

나는 판매자가 의자와 함께 내놓은 러그도 같이 구입했다.

의자와 잘 어울리는, 동물이 그려진 귀여운 러그였다. 나는 물건을 사면서 남자의 얼굴을 잠깐 보았다. 마스크를 쓰고 있어서 정확한 인상은 기억하지 못하지만, 키가 훤칠하고 젊은 남자였다. 제품을 보고 상상한 사람과는 전혀 달랐다. 사람의 취향은 속단하면 안 된다. 다른 이야기를 상상하기도 했다. 여자 친구의 물건이거나 여자 친구가 선물했던 물건일지도 모른다. 상상은 깊어 가고, 물건은 이제 나와 함께 역사를 만들어 가고 있다.

내가 차릴 식당을 정한 다음
식당 이름과 간판 디자인을 해 보자

간판 디자인을 해 본 적이 있다. 알고 지내던 프렌치 레스토랑의 오너 셰프가 큰돈을 들이지 않고 간판을 바꾸길 원해서, 내가 자청했다.

간판쯤이야 뭐 그림 그리고 글씨 쓰고 그러면 되지 않나 싶어서 했는데, 고민할 게 너무나 많았다. 간판의 위치, 크기, 어떤 정보를 넣을 것인가, 무엇을 강조할 것인가, 가게 이름은 어느 정도의 크기로 할 것인가 등등 자청한 걸 여러 번 후회했다. 그래도 내 그림이 들어간 간판이 걸린 걸 보는 일은 뿌듯했다. 지나가던 사람이 간판에 혹해서 들어가면 좋겠고, 그래서 장사가 더 잘 되면 좋겠고, 큰돈 들이지 않고 만든 간판 때문에 큰돈을 벌게 돼서 간판 디자이너에게도 큰돈을 줄 수 있으면 좋겠다는 생각을 했다.

나는 식당을 운영할 생각이 전혀 없지만, 만약 식당을 하게 된다면 어떤 음식을 팔고 어떤 간판을 만들지 자주 생각한다. 간판에 예쁜 돼지 그림이 그려진 삼겹살집은 끔찍하지 않나? 유행어를 이용한 식당 이름은 좀 유치하지 않나? 어떤 음식을 팔 것인지, 가게 이름은 무엇으로 할 건지 생각하는 것만으로도 자신이 어떤 사람인지 조금은 알 수 있다.

10년 전, 20년 전, 30년 전에
어떤 일이 있었는지 알아보자

글을 쓰고 있는 지금은 2021년 8월 9일. 10년 전에 어떤 일이 있었는지 조사해 보자. 20년 전에는? 30년 전에는? 역사를 헤집고 다니다 보면 의외의 사실과 마주할 수 있다.

2011년 8월 9일에는 영국에서 집단 폭동이 일어났다. 8월 4일 경찰의 총격으로 흑인 청년 마크 더건이 사망한 사건이 시작이었다. 보수 각료들은 일부 폭력 집단이 주도한 범죄라고 규정했으나 영국의 장기적인 경제 침체와 실업에 좌절한 소비자들이 일으킨 반란이라고 생각하는 사람들이 많다.

2001년 8월 9일에는 김현곤 씨가 한국인 최초로 단독 태평양 요트 횡단에 성공했다.

1969년 8월 9일에는 찰스 맨슨 일당이 배우 샤론 테이트를 포함한 5명을 살해했고, 1945년 8월 9일에는 미국이 일본 나가사키에 원자 폭탄을 투하했다. 1936년 8월 9일은 손기정이 베를린 올림픽 마라톤에서 우승한 날이다.

다양한 사건들 중에서 자신이 관심 가는 사건을 정리해 두면 자신만의 역사책을 만들 수도 있다.

거리를 돌아다니면서 집집마다 창문이
얼마나 다른지 살펴보자

외국 여행을 다닐 때 창문 구경하는 걸 좋아했다. 모든 창문이 달라서 사람의 얼굴을 보는 것 같았다. 어떤 창문은 화려하고 어떤 창문은 작고 단출하다. 창문으로 사람의 얼굴이 불쑥 나올 때면 얼굴에서 얼굴이 나오는 것 같아 깜짝 놀란다. 창문에 걸린 빨래들의 색도 화려하다.

한국의 창문은 그만큼 다양하진 않다. 아파트가 많아서 창문이 대개 비슷하다. 아파트가 비교적 적은 지방에는 창문 보는 재미가 남아 있다.

중세 유럽에서는 창문의 갯수만큼 세금을 거둬들인 '창문세'가 있었다. 세금을 덜 내기 위해 창문을 막아 버리는 사례들도 있었다. 창문세를 걷지는 않지만 예전에는 창문이 크면 열 손실이 많아서 큰 창을 내는 일이 드물었다. 벽의 높은 부분에 붙은 작은 창문을 보고 있으면 거기에 어떤 사람이 살고 있을지 몹시 궁금해진다.

잘 알고 있는 곳을 여행자처럼 걸어 보자

내 가방 안에는 늘 물건이 많다. 언제 어디서 무슨 일이 생길 지 모르므로 꼭 챙겨야 할 물건들이 있다. 손톱이 길어서 신 경 쓰일지도 모르니까 손톱깎이, 갑자기 시간이 생길지도 모 르니까 책도 한 권, 글이 쓰고 싶어질지도 모르니까 아이패 드, 놓칠 수 없는 풍경을 만날지도 모르니 카메라, 이렇게 하 나씩 챙기다 보면 가벼운 외출에도 짐이 한가득이다.

막상 나가면 쓰는 일이 거의 없다. 비상시를 위한 물건들을 쓰지 않았다는 건 비상 상황이 생기지 않았다는 뜻이니 기뻐 할 만하다고 위로해야 할까. 뜻밖의 영감을 얻은 순간이 없 었으니 슬퍼해야 할까.

생각해 보면 늘 여행을 간다는 심정으로 짐을 꾸렸던 것 같다. 서울을 돌아다니는 것도 여행이 될 수 있지, 늘 그런 마음이었다. 로마에 여행 갔을 때나 바르셀로나에 있을 때와 비슷한 마음으로 서울을 걸어 다녔다. 내가 한국 사람이 아니라면 이런 풍경을 어떻게 바라볼까. 내가 스페인 사람이라면 이런 건물 양식을 모던하다고 생각할까, 괴이하다고 생각할까. 새로운 눈으로 서울을 다니면 지루할 틈이 없다.

해외여행을 다닐 때처럼 미션을 부여하는 것도 좋다. 서울 곳곳에 있는 작은 책방을 다녀 보면 어떨까. 한 달에 한 번 이름난 와인 바를 찾아가면 어떨까. 걷기 좋은 곳을 다녀도 좋고, 산을 올라 봐도 좋다. 맛집 위주로 여행을 떠나도 좋다. 생활에 미션을 부여하면 새로운 리듬이 생긴다.

서울이 아니더라도 새로운 시도를 해 볼 수 있는 장소는 많다. 나는 얼마 전에 고향에 있는 호텔을 예약했다. 고향에서는 호텔에 갈 일이 거의 없다. 부모님이 살고 계신 집이 있으니까 늘 거기에만 다녀왔다. 내가 태어난 곳을 새롭게 보자는 의미에서 부모님을 모시고 호텔에 갔는데, 부모님 역시 고향의 호텔은 처음이었다. 재미있는 경험이었고, 익숙하던 곳이 전혀 다르게 보였다. 우리가 잘 알고 있다고 생각하는 곳을, 우리는 정말 잘 알고 있을까? 우리 동네 지리는 내 머릿속에 몽땅 들어 있다고 생각하지만, 과연 그럴까?

단어들을 수집해 보자

소설가로서 가장 힘든 일은 '제목 짓기'다. 제목은 소설의 내용을 압축해서 보여 줘야 하고, 눈에 잘 띄어야 하고, 발음하기 좋아야 한다. 제목을 먼저 정하고 소설 쓰기에 돌입하는 경우도 있지만, 소설을 다 쓰고 난 후 제목 짓기에 골몰하는 때도 있다. 소설 쓰기보다 제목 짓기가 더 힘들다.

가제를 정하면 포털의 검색창에다 입력해 본다. 비슷한 제목이나 비슷한 상호가 있을지도 모른다. 인터넷 서점에서도 검색을 해 본다. 정말 기발하다고 생각한 제목이었는데 비슷한 제목이 이미 있는 걸 발견하고 나면 맥이 빠지기도 하고, 사람들 생각하는 게 다 비슷하구나 싶기도 하고, 나의 상상력이란 게 고만고만하구나 싶기도 하다.

오래전부터 핸드폰 메모장에 '제목 아이디어'라는 폴더를 만들어 두었다. 문득 떠오르는 제목이나 쓸 만한 제목으로 성장할 단어들을 모아 둔다. 제목이 잘 떠오르지 않을 때 '제목 아이디어' 폴더의 내용을 한번 훑어보는 것만으로도 도움이 될 때가 있다. 예전 작품과는 어울리지 않았던 제목이나 단어가 지금 쓰고 있는 작품과 잘 맞아떨어질 때가 있다.

'소년 중앙의 소년'.

제목 아이디어 폴더에 들어 있던 제목이다. 어릴 때 보았던 〈소년중앙〉이라는 잡지의 제목을 떠올리다가 생각한 제목이다. 소년, 중앙의, 소년이라는 리듬이 마음에 들어서 적어 두었지만 그런 제목의 소설을 쓰게 될지 장담할 수 없다. 어떤 제목은 시간이 한참 흐른 후에야 적당한 이야기를 만나기도 한다. 어떤 제목은 시간이 한참 흐른 후에야 적당하지 않은 제목으로 판명나기도 한다. 무엇이든 적어 두고 시간을 보내면 언젠가 결과를 받아 볼 수 있다.

사람들이 좋아하는 단어를 유심히 살펴보는 것도 도움이 된다. 안내문, 표어, 포스터의 문구, 집 앞의 경고문, 간판에 적힌 기발한 상호 등이 모두 제목의 후보가 될 수 있다. 일종의 집단 지성을 이용하고, 거기에 나만의 아이디어와 감성을 싣는 작업이다.

산책할 때 재미있는 문구를 발견하면 찍어 두자. 언젠가 내가 채집한 문장들이 빛을 발할 때가 올 것이다.

하루 종일 바흐의 음악만 틀어 보자

집중할 때는 역시 바흐의 음악이 좋다. 음이 하나씩 쌓이고 풀려나갈 때마다 내가 당면한 문제가 곧 해결될 것만 같다. 연주자들은 바흐의 음악을 '수학'에 비유한다. '화성을 이용한 구조적인 진행을 매번 새롭게 발견하게 된다'고 한다. 거기까진 잘 모르겠다.

바흐를 들을 때마다 각각의 건축물을 떠올린다. '평균율 클라비어'는 촘촘하게 쌓아 올린 벽돌집, '푸가의 기법'을 들을 때는 타원형의 우아한 성을 떠올린다. '브란덴부르크 협주곡'을 들을 때는 통나무를 쌓아 올려서 만든 집을 떠올린다. 집의 종류와 크기는 자주 바뀌지만, 건축물을 떠올린다는 사실에는 언제나 변함이 없다. 무언가를 쌓아 올리고 있다는, 시간을 이용하여 차곡차곡 경험을 쌓아 가고 있다는 생각이 들면서 공부하고 일하는 것이 즐거워진다.

바흐 음악의 또 다른 장점은 무궁무진하다는 것이다. 곡이 많기도 하지만 연주자마다 바흐를 이해하는 방식이 다르기 때문에 바흐를 다 듣는다는 것은 불가능하다. 연주자마다의 해석을 비교하는 것도 재미있고, 힌 연주자의 수많은 바흐를 파헤치는 것도 즐겁다. 물론 그러다가 바흐에 빠지게 되면 하고 있는 일에 집중할 수 없게 되니까 주의하시기 바란다.

내가 쓰고 있는 글꼴을 확인하고,
좋아하는 글꼴을 목록에서 골라 보자

사람들은 글꼴에 별로 신경 쓰지 않는다. 여러 사람에게 물어보고 알았다. "어떤 글꼴을 주로 써요? 한글과 영어 글꼴을 같은 걸 써요?" 이런 질문을 받은 사람들은 대부분 "글꼴요? 그냥 기본으로 깔려 있는 걸 쓰겠죠?" 이런 답변을 내게 되돌려 주었다.

아무래도 글을 쓰는 사람들은 좀 더 글꼴에 예민하다. 하루 종일 글꼴을 들여다봐야 하니까 자신의 취향에 맞는 글꼴을 찾게 된다. 나는 긴 글을 쓸 때는 '나눔명조'나 'kopub바탕명조'를 선호한다. 어렸을 때부터 그런 글꼴들로 채워진 책을 봤기 때문에 가장 익숙하다. 영어 글꼴은 '헬베티카'를 좋아한다.

어떤 글꼴은 장식적이고 어떤 글꼴은 미니멀하다. 어떤 글꼴은 위아래로 길쭉하고 어떤 글꼴은 좌우로 두껍다. 자신이 좋아하는 글꼴의 형태를 찾아보면, 어떤 디자인을 좋아하는지 깨달을 수 있다.

모든 글꼴은 자신에게 어울리는 자리가 있게 마련이다. 고전적인 사극 영화 포스터에 현대적이고 각진 글꼴을 쓴다면 잘 어울리지 않을 것이다. 파격적이긴 할 것이다. 반대로 현대적인 배경에서 궁서체를 쓴다면 사람들을 웃게 만들 것이다. "나 지금 진지하다, 궁서체다."라는 말은 주위의 상황에는 아랑곳하지 않고 자신만의 뜻을 전달하려는 사람의 태도를 말한다. 글꼴에 관심이 많은 사람이라면 사이먼 가필드의 《당신이 찾는 서체가 없네요》(안그라픽스 2017)를 추천한다. 다양한 글꼴의 뒷이야기를 볼 수 있다.

셰익스피어의 희곡집 하나를 고른 다음
소리 내어 읽어 보자

셰익스피어를 모르는 사람은 없을 것이고, 셰익스피어의 멋진 대사 한 줄 외우지 못하는 사람도 거의 없을 것이다. "죽느냐 사느냐 그것이 문제로다." "줄리엣, 창문을 열어 주오." 같은 짤막한 대사는 한 번쯤 들어 봤을 것이다. 셰익스피어가 쓴 대사들은 시대와 맞지 않아서 오히려 새롭다. 압축, 또 압축하여 최대한 짧게 문자 메시지를 보내는 요즘의 정서와는 정반대다. "상처의 고통을 모르는 인간들만 타인의 흉터를 비웃는 법이지요." "죽음만이 우리를 치료해 줄 의사라면 죽는 것만이 유일한 처방이야." 이렇게 고풍스러운 대사를 읊다 보면 마음이 차분해지면서 종이에 뭔가 끄적이고 싶어질 것이다.

일주일 동안 채식을 해 보자

돼지고기를 좋아한다. 한의사 선생님이 '김중혁 씨에게 잘 맞는 음식은 돼지고기'라고 이야기했을 때 속으로 환호했다. 돼지고기를 먹을 수 있는 근거와 핑계가 생겼다. 값도 싸고 맛도 좋고, 먹지 않을 이유가 없다고 생각했다.

요즘은 고민이 깊어지고 있다. 지구의 여러 가지 상황을 지켜보면서 '채식을 해야 하는 게 아닌가' 하는 생각이 잦아지고 있다. 조금 줄여 보는 것도 지구에 도움이 될 것 같다. 일주일 동안 채식을 해 보니 그래도 버틸 만했다. 일주일 중 하루를 '고기 데이'로 정했다. 참았던 고기를 그때 먹는다. 언젠가 완전한 채식을 하게 될 날이 올지는, 아직 잘 모르겠다.

하루에 쓸 용돈을 정한 다음
가계부를 쓰며 한 달을 살아 보자

용돈을 계획성 있게 쓰게 된 게 오래 되지 않았다. 텔레비전 프로그램을 보다가 '33 작전'이란 걸 알게 됐다. 한 달 용돈이 90만 원이라면, 한 달은 30일이니까 하루에 쓸 수 있는 용돈은 3만 원이다. 매일 3만 원을 목표로 살아가다 보면 과소비를 줄일 수 있고, 자신의 소비 규모를 알 수 있다.

마음에 드는 물건이 생겼다면, 그 물건이 12만 원이라면, 4일 동안 다른 데 지출을 하지 않아야 한다. 어쩔 수 없는 지출을 할 수밖에 없다면 하루에 2만 원씩 모아서 6일 후에 살 수 있다. 어린 시절에 용돈 모아서 장난감을 샀던 순간을 다시 한 번 느껴볼 수 있다. 한 달 용돈이 60만 원이라면 '23 작전'이 가능하고 용돈이 30만 원이라면 '13 작전'이 가능하다.

가계부 쓰기는 필수다. 어떤 곳에 용돈을 썼는지 알아야 한다. 가계부를 컴퓨터로 작성한다면 가계부와 일기를 결합하는 방법도 추천한다. 외식을 했다면 음식 사진을 첨부하고, 물건을 샀다면 물건 사진을 첨부해 둔다. 나중에 근사한 소비 일기장이 만들어질 것이다.

읽고 싶었지만 엄두가 나지 않던 책을
노트에 정리해 가며 읽어 보자

공부에는 크게 관심이 없었지만 노트 정리만큼은 잘했다. 글씨 쓰는 걸 좋아해서 선생님의 이야기를 열심히 받아 적었고, 그림도 그려 넣었고, 색색의 펜으로 장식도 했지만……, 그걸 주의 깊게 이해하려고 노력하지는 않았다. 보기에 좋은 떡은 먹기도 좋다던데, 보기에 예쁜 노트를 가졌는데도 좋은 성적으로 이어지지는 않았다. 그래도 그때 열심히 글씨 쓰기를 연습했던 덕분에 지금도 글씨 쓰기는 자신 있다.

군대에서도 잠깐 차트병으로 일한 적이 있다. 상급 부대에 작전 브리핑을 할 때 쓰는 차트를 작성하는 업무였다. '차트 글씨'라는 글씨체가 따로 있다는 걸 처음 알았다. 오른쪽으로 5도 정도 기울어진 데다 멀리서도 잘 보일 수 있게 각각의

획이 절도 있어야 하며, 동그라미도 완전한 원이 아닌, 삼각 김밥에 가깝게 그려야 한다. 나는 금방 배웠다. 밤을 새는 일이 많은 업무였는데 나는 마냥 즐거웠다. 물론 다른 훈련을 받지 않는 특권 때문이기도 했지만 글씨를 쓰고 있으면 시간 가는 줄 몰랐다. 생각해 보니, 대학교 때도 대자보를 쓰면서 즐거웠던 기억이 난다.

성인이 되고 나서 책을 읽으며 노트 정리를 해 본 사람은 많지 않을 것이다. 쉬운 책을 고르는 일이 많기 때문이기도 하고, 굳이 노트 정리까지 해 가면서 내용을 완전 숙지해야 할 경우란 거의 없기도 하다. 그래도 한 번만 해 보길 권한다. 정말 재미있다. 내가 글씨 쓰기를 좋아해서 그런 게 아니고(뭐, 조금은 그런 이유도 있다.) 오랜만에 책을 읽으면서 정리를 하는 기분이 색다를 것이다.

커다란 노트에 정리를 하는 것도 좋은 방법이지만, 인덱스 카드에다 정리하는 것도 재미있다. 카드 한 장에 한 문단씩 정리하다 보면 카드가 쌓이고, 머리에 지식도 쌓이는 것 같고, 집중력도 쌓이게 된다. 사실 내용을 이해하는 데 도움이 되는 것보다는 정신이 맑아져서 좋은 게 더 크다. 왼쪽에는 책, 오른쪽에는 인덱스카드……, 왼쪽의 내용을 요약해서 오른쪽으로 옮기는 일은 생각보다 재미있다. 쌓아 둔 인덱스카드는 시간 날 때마다 보기에도 좋다.

집 안의 모든 거울과 시계를 치워 보자

거울을 모두 없애 보았다. 치울 수 없는 화장실의 거울은 영화 포스터로 덮었다. 화장실에 들어갈 때마다 내 얼굴을 매번 봐야 하는 게 싫었다. 때로는 낯설어서 한참을 들여다봐야 나라는 걸 알 수 있었다. 거울에 비친 내 얼굴은 시계나 마찬가지다. 시간을 알 수 있다. '아, 지난달보다 늙은 것 같네' '아, 이 주름은 뭐지?' 이런 생각을 자꾸 하게 된다. 내가 지나온 시간이 거울 속 내 얼굴에 남아 있다.

시계도 치워 보았다. 지금이 몇 시인지 상관하고 싶지 않았다. 시계는 사방에 널려 있어서 모두 치우는 게 불가능했다. 핸드폰에도 시계가 있고, 컴퓨터에도 시계가 들어 있다. 최대한 보지 않으려고 노력해 보았다. 마음만 먹는다면 사흘 정도 집 밖에 나가지 않고도 살 수 있다.

또 뭘 치워 볼까. 의자, 책상, 휴지, 종이, 치약……, 결핍의 순간이 되면 머릿속에 수많은 생각이 가득 들어찬다.

종이접기를 해 보자

종이배 만드는 법을 잊어버려서 유튜브에 검색어를 입력했더니 종이배 종류가 한두 가지가 아니었다. 생전 처음 보는 모양도 많았다. 종이접기의 무궁무진한 세계가 그 속에 있었다. 대체 저런 종이접기는 누가 처음 생각했을까 싶을 정도로 재미난 모양도 많았다. 돌고래, 불사조, 하트, 네잎클로버, 드래곤 등등 따라 하고 싶은 게 많았다.

어렸을 때도 종이접기 책을 산 적이 있는데, 아무래도 종이접기는 책으로 따라 하기 힘든 종목이었다. 평면의 책으로는 설명을 온전히 이해하기 힘들었다.

유튜브 세계의 장점 중 하나가 사용법을 영상으로 전달하는 것이다. 간단한 걸 고치거나 작동법을 설명하는 영상이 얼마나 큰 도움이 되는지 모른다. 종이접기 역시 유튜브를 통해 실력이 일취월장할 수 있다.

논쟁에 뛰어들어 내가 소중하게
생각하는 것들을 변호해 보자

나와 다른 의견을 들어도 '그럴 수 있어'라고 생각하며 넘기는 편이다. 가수 양희은 씨의 유행어이기도 한데, 많은 사람이 이 말을 입에 달고 살면 좋겠다. "쟤는 왜 저러지?" 혹은 "이해가 안 되네."라는 말보다 "그럴 수 있어."라고 발음하고 나면 세상에 그럴 수 없는 일이 또 뭐가 있을까 싶다. 사람들은(정확히 왜 그러는지 이해할 수는 없겠지만) 모두 제각각 다른 이유로 '그럴 수 있다'.

그렇지만 세상 모든 일을 '그럴 수 있어'라고 넘길 수는 없다. 논쟁을 즐기는 편은 아니지만, 나 역시 도저히 참을 수 없는 순간이 있게 마련이다. 한번은 텔레비전 프로그램 녹화 현장에서 초대 손님과 짧은 논쟁을 벌인 적이 있다. 어떤 일이었는지는 자세히 설명할 수 없지만 내가 도저히 참고 지나갈 수 없는 어떤 문제에 대해 반대 의견을 이야기했다. 짧은 논쟁은 촬영 진행을 위해 흐지부지 끝나고 말았다.

촬영이 끝나고 잠깐 후회했지만, 결국에는 후회하지 않기로 했다. 나도 '그럴 수 있어', 나도 모든 의견에 대해서 '그럴 수 있다'고 '넘어갈 수는 없어'라며 스스로를 다독였다.

애니메이션 〈벅스 라이프〉의 제작 디자이너인 빌 콘의 이야기가 떠오른다. 빌 콘은 당시 '픽사'의 수장이었던 스티브 잡스와 언쟁을 벌인 적이 있다. 스티브 잡스는 '와이드 스크린 포맷으로 애니메이션을 제작하는 것은 돈을 까먹는 멍청한 짓'이라고 생각했고, 빌 콘은 자신의 작품을 제대로 표현하기 위해서는 와이드 스크린이 반드시 필요하다고 주장했다.

빌 콘은 스티브 잡스와 격렬한 논쟁을 벌인 직후에 곧바로 후회했다. 빌 콘은 스티브 잡스와 함께 픽사를 만든 에드 캣멀에게 하소연했다. "세상에, 내가 스티브 잡스와 논쟁하다니, 제가 실수한 걸까요?" 에드 캣멀은 대답했다. "그렇지 않아. 자네가 이겼어."

빌 콘이 격렬하게 달려들어 상세히 설명하는 것을 본 스티브

잡스는 그의 생각을 존중할 만한 가치가 있다고 생각했고,
그 이후 다시는 화면비에 대해 언급하지 않았다.

근처에 있는 아무 박물관에나 들어가 보자

세상에는 수많은 박물관이 있다. 그럴싸한 박물관도 많지만 '세상에 이런 게 필요한가?' 싶은 박물관도 제법 있다. 어떤 곳인지 굳이 밝히지는 않겠다. 그런 박물관에도 몇 번 가 본 적이 있는데, 생각보다 재미있다. 세상에는 참으로 다양한 사람들이 살아가고, 다양한 곳에 관심을 쏟는다는 사실을 새삼 깨닫는다. 내가 좋아하는 것만 볼 게 아니라 조금이라도 시야를 넓혀 보고 싶다면 근처의 박물관을 찾아보자. 의외로 이상하고 재미있는 박물관이 많다.

도로가 잘 보이는 카페에 앉아서
지나가는 자동차를 관찰하자

자동차 디자인은 일부러 동물 모양을 닮게 하는 것 같다. 자동차 앞에 달린 두 개의 전조등은 눈을 닮았고, 가운데의 라디에이터 그릴은 코나 입을 닮았다. 뒷모습을 봐도 동물을 닮았다. 자동차에 애착을 더 많이 느끼게 하려는 자동차 회사의 전략일까? 애착을 가지면 더 오랫동안 타려고 할 테니 자동차 회사로는 손해가 아닐까? 수많은 동물이 거리를 활보하는 이곳이 바로 정글이고, 당신은 더 좋은 자동차를 타기 위해 노력해야 한다는 메시지를 심어주기 위한 것일까?

자동차에 관심이 많은 사람들은 잠깐 스쳐 지나가는 차만 봐도 어떤 회사의 어떤 모델인지 정확하게 안다. 거리의 자동차를 관찰하다 보면 차종보다 더 재미있는 걸 발견할 수 있다. 자동차를 꾸미는 자신만의 방식이다. 초보 운전임을 알리는 스티커를 재미있게 붙인 사람도 있고, 인형을 매단 사람도 있고, 자신의 정치적 성향이나 신념을 스티커로 붙인 사람도 있다.

내가 지금까지 본 초보 스티커 중 제일 좋았던 것은 '결초보은'이었다. '결'과 '은'은 다른 글씨체로 써 놓아 '초보'가 가운데서 잘 보이게 해 두었다. '나는 지금 초보다. 당신이 양보해 준다면, 절대 잊지 않을 것이다. 내가 운전에 능숙해진다면, 또 다른 초보에게 이 마음을 갚을 것이다.' 이런 뜻으로 읽혔다. 거리의 자동차를 잘 관찰하다 보면 또 다른 아이디어를 만날 수 있을 것이다.

친한 친구에게서 부러운 점 세 가지를 적고, 그 이유를 생각해 보자

사람들은 별걸 다 부러워한다. 아주 이상한 걸 부러워한다. 가지지 못한 걸 부러워하게 마련이니까, 아주 사소한 것도 부러울 수 있다. 키가 큰 사람은 키가 큰 게 불편해서 키가 작은 사람이 부러울 때가 있다. 키가 작은 사람들은 '배부른 소리'라고 웃는다. 머리가 큰 걸 싫어하는 사람도 있고, 좋아하는 사람도 있다. 너무 작은 머리를 가진 사람은 그게 컴플렉스라고 말하기도 한다. 알다가도 모를 일이지만, 사람들은 가지지 못한 걸 부러워한다. 내 친구에게 나는 뭐가 부러울까? 부러운 게 하나도 없는 사람도 있다. 부러운 게 너무 많은 사람도 있다.

내가 입고 싶은 옷이나
메고 싶은 가방을 디자인해 보자

이런 가방이면 좋겠다 싶어서 그림으로 그려 본 모양이 많다. 다양한 방식으로 들거나 멜 수 있는 3-way 가방도 좋아하지만, 가장 만들고 싶은 것은 최상의 에코백이다. 너무 무거운 가방은 싫고, 수납공간은 구분되면 좋고, 뭔가 흘리지 않으려면 지퍼로 잠글 수 있으면 좋고, 핸드폰 넣는 곳은 따로 있으면 좋고, 어깨에 멜 때는 끈이 너무 길거나 짧지 않아야 하고, 그러려면 길이를 조절할 수 있어야 하고, 천은 친환경적으로 제작되어야 하며, 배지를 달 수 있는 공간이 따로 있으면 좋다.

내가 입을 옷도 꼭 한번 만들어 보고 싶다. 미리미리 디자인 연습을 해 두어야겠다. 디자인 감각은 바뀌게 마련이니까.

신나는 디스코 음악을 들으면서
몸을 흔들어 보자

영화 〈마션〉은 탐사대에서 낙오한 후 화성에서 혼자 살아남으려고 발버둥 치는 마크 와트니의 이야기를 담고 있다. 동료들이 남긴 물품으로 오랜 기간을 버텨야 하는데, 가장 커다란 난관이 음악이었다. 대장의 컴퓨터에서 음악을 발견했는데, 죄다 디스코 음악뿐이었다.

디스코 음악은 '디스코테크'에서 파생된 단어다. 디스코는 밤과 춤과 패션과 리듬의 문화였고, 흥이 넘치는 젊은이들의 음악이었다. 음악 역사에서 보면 디스코의 전성기는 무척 짧았다. 1970년대에 반짝 인기를 얻고는 곧장 내리막길을 걸었던 음악 장르다.

마크 와트니는 평소에 디스코 음악을 끔찍하게 싫어했지만,

디스코 음악 덕분에 살아남았다. 만약 대장이 남겨 두고 간 음악이 모차르트나 바흐나 재즈 음악이었다면 어땠을까? 무척 차분한 밤을 보낼 수 있었겠지만 살아남고자 하는 의욕은 조금 꺾였을지도 모른다.

혼자 조용히 디스코 음악을 들어 보자. 디스코 음악 속에서 들끓고 있는 삶의 에너지를 느껴 보자. 흥이 오르면 손가락으로 허공이라도 한번 찔러 보자.

모빌을 만들어서 내 방에 걸어 보자

모빌 만들기를 어렵게 생각할 필요 없다. 어린 시절 학교에서 했던 미술 시간을 떠올려 보면, 가위와 종이를 들고 한 시간 내내 오리고 붙이는 시간이 마냥 즐거웠다.

가위로 뭔가 오릴 때가 되면 그때의 감각이 되살아나는 것만 같다. 일단 종이에 뭔가 그린다. 그걸 잘라 낸다. 막대기에 실을 묶고 균형을 맞춰 종이를 단 다음 천장에 매달면 모빌이 된다.

모빌의 거장 알렉산더 칼더는 많은 사람에게 자신의 작품을 선물하고 싶어서 값싼 소재로 작품을 만들었다. 중요한 것은 가격이 아니라 시간과 정성이다.

반전이 기가 막힌 영화를 본 다음, 처음으로 돌아가 반전을 다시 보자

영화를 거의 다 봤을 때 뒤통수를 치는 영화들이 있다. 지금까지 봐 왔던 것들을 한꺼번에 무너뜨리는, 반전이 있는 작품들이다.

허무한 반전도 있고, 소름 끼치는 반전도 있다. 누구나 다 알고 있는 〈식스 센스〉 같은 영화의 반전은 '그럼 지금까지 이게 다……' 하면서 영화를 되짚어 보게 만드는 반전이다. 〈파이트 클럽〉 같은 경우는 약간 허탈해지면서 '대체 뭐야, 이게……' 싶으면서도 소름 끼치는 반전이다. 〈지구를 지켜라〉는 황당하면서도 감독의 투지를 응원해 주고 싶은 반전이고, 〈올드 보이〉는 '아, 어떡하나?' 싶은 마음이 드는 안타까운 반전이었다.

가장 좋아하는 반전이 등장하는 영화는 〈라이프 오브 파이〉다. 이 영화에는 한 줄로 설명할 수 있는 반전이 없다. 반전을 말하기 위해서는 한참 설명을 곁들여야 한다. 반전을 알고 나서도 한참 동안 고민을 해야 한다.

반전을 알고 나서 다시 영화를 보면 보이지 않던 것들이 보이기 시작한다. 때로는 엔딩을 알고 나서 영화를 보는 것도 재미있다. 마음 졸이지 않고 느긋하게 이미 알고 있는 결말을 향해 달려가는 이야기의 뒷모습을 자세하게 관찰할 수 있으니까.

바닥에 떨어진 쓰레기의 종류를 살펴보자

첩보 영화에 자주 나오는 장면이 있다. 건물 뒤편으로 돌아가서 감시 대상자가 버린 쓰레기봉투를 뒤지거나 무단 침입한 방의 쓰레기통을 뒤진다. 거기에서 개인 정보나 의외의 단서를 발견하게 된다. 우리는 무엇을 모으는가로 규정되는 사람들이기도 하지만, 무엇을 버리는가로 규정되는 사람들이기도 하다. 지금 당장 제3자의 눈으로 내 방 쓰레기통을 살펴보자. 의외로 나는 쉽게 노출될 수밖에 없다.

길거리를 걸어 다니면서 하는 '쓰레기 관찰 놀이'도 재미있다. 엄청나게 커다란 인형이 버려져 있다. 피부가 벗겨진 소파가 우두커니 집 앞에 나와 있다. 한쪽 모서리가 종량제 봉투를 찢고 나온 탁상시계도 있다. 오래된 교과서가 묶인 채

나와 있다. 때로는 쓸 만하다 싶은 책장이 나와 있어서 자세히 살펴보면 뒤쪽의 나무가 모두 삭았다. 나는 명작 영화 〈토이 스토리 3〉은 버려진 쓰레기를 관찰하던 작가가 만들어 낸 이야기라고 굳게 믿고 있다. 〈토이 스토리 3〉을 보고 나면 내 말에 동의하게 될 것이다.

내 자서전의 첫 문장을 써 보자. 자서전을 10부로 구성하고, 자신의 삶을 10부에 맞게 정리해 보자

'내 인생을 소설로 쓰면 대하소설 10권 분량은 나올 것'이라고 말하는 사람들이 있다. 그런 분들은 절대로 쓰지 않는다. 얼마나 힘든 일인지 써 보면 알 텐데……. 아, 그걸 너무 잘 알아서 쓰지는 않고 말로만 그러는 건가?

나는 감히 내 인생을 10권으로 써 볼 생각은 하지 못한다. 드라마틱한 삶을 살지 못해서가 아니라 10권에 맞춰 내 인생을 구성한다는 것 자체가 너무나 힘든 일이라는 것을 알기 때문이다.

한 권이라면 해 볼 만하다. 10부 정도로 플롯을 짜 보면 재미있는 이야기를 만들 수도 있을 것 같다. 영화 〈해리가 샐리를 만났을 때〉의 시나리오를 쓰고 〈시애틀의 잠 못 이루는 밤〉

감독을 한 노라 에프론의 충고를 들어 보자. "젊은 저널리스트로서, 이야기는 단순히 무슨 일이 일어났는가에 대한 것인 줄 알았다. 시나리오 작가가 되고 나서는, 우리는 주변에서 일어난 사건에 대해 내러티브를 부여해 이야기를 지어낸다는 것을 깨달았다." (《진짜 이야기를 쓰다─하버드 니먼재단의 논픽션 글쓰기 가이드》 알렙 2019)

이야기를 잘 못 하는 사람의 특징은 '사건을 시간 순서대로 나열한다'는 것이다. 사건의 자초지종을 다 듣는 걸 견딜 수 있는 사람이 많지 않다. 가장 극적인 사건부터 이야기해야 한다. 한 사람의 생애에 대해서도 마찬가지다. 자서전을 쓰려고 한다면 맨 앞에 어떤 사건이 나와야 할까? 인생의 하이라이트가 어디인가, 혹은 극적인 변화가 일어났던 시기가 언제인가.

젊은 나이에 자서전을 통해 자신의 삶을 전체적으로 조망해 보려는 시도는 앞으로의 계획에 큰 영향을 미칠 수 있다. 내가 추구하는 가치가 무엇인지, 내가 소중하게 생각하는 게 무엇인지, 지금의 나를 만들어 준 가장 큰 요인이 무엇인지 깨닫게 해 준다.

만약 첫 줄에 쓸 만한 문장이 떠오르지 않는다면, 원하는 삶에 대한 문장을 써 보자. 그런 걸 두고 '자기 실현적 예언으로 시작하는 자서전'이라고 하던가.

1. 책을 다 읽거나 아직 읽지 않은 상태에서 활용법의 유형들을 살펴본다.
2. 자신에게 알맞은 유형이라고 생각되는 것을 따라 해 본다.
3. 20개의 제안을 실행해 본 후 이 유형이 자신과 맞는지 생각해 본다.
4. 자신과 맞는 유형이 없다면, 책을 처음부터 끝까지 읽은 후 제목을 모아 자신만의 유형을 만들어 본다.

- **A유형**: 상상력을 키우고 싶은 사람
- **B유형**: 일상을 새롭게 바꾸고 싶은 사람
- **C유형**: 평소의 자신과 달라지고 싶은 사람
- **D유형**: 재미있는 일을 벌이고 싶은 사람
- **E유형**: 자신에 대해 알고 싶은 사람

A유형: 상상력을 키우고 싶은 사람

B유형: 일상을 새롭게 바꾸고 싶은 사람

C유형: 평소의 자신과 달라지고 싶은 사람

- [ ] '예스 데이'와 '노 데이'를 만들어 보자 (25)
- [ ] 제일 좋아하는 영화를 새로운 시각으로 다시 한번 보자 (47)
- [ ] 필요한 물건 하나를 빼고 하루를 살아 보자 (59)
- [ ] 처음 타 본 버스의 종점까지 가 보자 (68)
- [ ] 하루 종일 반대로만 행동해 보자 (70)
- [ ] 음악을 들으며 리드미컬하게 걸어 다녀 보자 (73)
- [ ] 성대모사를 해 보자. 좋아하는 배우의 말투를 분석하고 따라 해 보자 (79)
- [ ] 노래 열 곡 이상이 들어가 있는 뮤지션의 정규 앨범을 스 킵하거나 중단하지 말고 끝까지 들어 보자 (82)
- [ ] 집 안에 나만의 비밀 공간을 만들어 보자 (122)
- [ ] 라디오를 들어 보자 (133)
- [ ] 노래 한 곡의 여러 가지 다른 버전을 들어 보자 (153)
- [ ] 내 감정을 건물에 비유해 보자. 지하에는 어떤 감정들이 살고 있는지 확인하러 가 보자 (161)
- [ ] 전시회장에 가서 마음에 드는 그림 하나를 30분 이상 들

D유형: 재미있는 일을 벌이고 싶은 사람

찰하자 (230)

□ 내가 입고 싶은 옷이나 메고 싶은 가방을 디자인해 보자 (233)

□ 신나는 디스코 음악을 들으면서 몸을 흔들어 보자 (234)

□ 반전이 기가 막힌 영화를 본 다음, 처음으로 돌아가 반전
을 다시 보자 (237)

□ 바닥에 떨어진 쓰레기의 종류를 살펴보자 (239)

E유형: 자신에 대해 알고 싶은 사람

□ 오늘 하루의 기분 그래프를 그려 보자 (19)

□ 내 마음 속의 괴물을 그려 보자 (28)

□ 눈을 감고 지구본에서 나라 하나를 찍은 다음, 여행을 떠나
보자 (62)

□ 내가 살고 싶은 집의 평면도를 그려 보자 (65)

□ 자신이 최근에 느꼈던 가장 강렬한 분노를 적어 보자. 그
리고 복수 방법을 생각나는 대로 적어 보자 (66)

□ 편지를 써 보자 (86)

□ 잠들기 전에 하나의 순간을 떠올린 다음 그 뒷이야기를
해피엔딩으로 만들어 보자 (98)

김중혁 에세이

오늘 딱 하루만 잘 살아 볼까?

ⓒ 김중혁

초판 1쇄 발행 2021년 12월 15일
초판 2쇄 발행 2022년 2월 11일

지은이 김중혁
펴낸이 지영주
편집 이아름 장동원
표지 디자인 유어텍스트
본문 디자인 데시그
마케팅 노해담 한주희 정지혜 조영흠 최청지 이이현
경영지원 백종임 김은선

펴낸곳 ㈜자이언트북스
출판등록 2019년 5월 10일 제2019-000085호
주소 경기도 고양시 덕양구 덕은1로 5 2층
전화 070-7770-8838
팩스 02-3158-5321
홈페이지 www.giantbooks.co.kr
전자우편 books@giantbooks.co.kr
인스타그램 https://www.instagram.com/giantbooks_official/

ISBN 979-11-91824-07-0 (03810)